김규종 서평집

비가 오는데 개미는 왜 우산을 안 쓸까?!

비가 오는데
개미는 왜
우산을
안 쓸까?!

김규종 · 서평집

머리말

책을 읽는 일은 유쾌하다. 때로는 행복을 넘어 경이롭기까지 하다. 생면부지의 지은이들이 던지는 깨달음의 정수를 얼마간의 노고로 공유할 수 있기 때문이다. 전문분야의 서책뿐 아니라, 다채로운 교양서가 전달하는 즐거움의 크기를 가늠하기는 쉽지 않다. 20대 젊은 날부터 이런 즐거움을 알았더라면 하는 부질없는 상념에 사로잡히는 때도 있다. 허다한 방황과 나태로 날려버린 청년시절의 숱한 밤과 낮이 아쉬운 기억으로 다가온다.

그렇다고 해서 내가 독서와 완전히 담쌓고 살았던 것은 아니다. 어머니 말씀에 따르면, 어린 시절 명절에 큰집에서 돌아올라치면 종종 내가 없었다고 한다. 다른 형제들은 다 있는데, 둘째 아들만 실종되곤 했다는 게다. 가난한 우리 집에는 읽을거리가 없었지만, 큰집에는 책이 지천이었다. 사촌형 공부방에 널려 있던 책을 보느라 여념이 없는 나를 찾아내곤 했다는 것이 어머니 말씀이다. 어린 날의 내게는 어느 정도 지적 호기심은 있었던 모양이다.

학급 회장이던 6학년 때 친구가 맹장염 수술을 받아 문병하러 간 일이 있다. 친구 서넛과 함께 찾아간 그 집에는 책이 차고 넘쳐났다. 아이들 이야기는 건성으로 들어 넘기고 온종일 책만 읽었다. "야, 문병 왔으면 나하고 얘기해야 되잖아. 너, 책 보러 왔냐?!" 볼멘소리로 나를 힐난했던 친구 목소리가 지금도 들리는 듯하다. 책 많은 집들이 얼마나 부러웠는지 모른다. '왜 우리는 가난할까' 하는 속 좁고 야속한 생각도 들고

대학시절에는 게으름과 술과 영혼의 동요(動搖)로 독서를 게을리 했다. 기억이 맞는다면 몇몇 시인들과 그들의 평전 정도를 읽었던 것 같다. 학부 2학년 시절 우연히 접한 주간지의 연재소설 제목이 『흔들릴 때마다 한잔』이었다. 가난한 백수청년과 재벌 아버지를 둔 처녀의 낭만적이되 감상적인 연애소설이었다. 그걸 읽을 때도 그렇고, 그 이후로도 나는 매순간 흔들렸으므로 술을 벗 삼아 20대를 허송(虛送)한 것으로 기억한다.

20대 청춘으로 돌아간다면 많은 서책을 읽고 싶다. 뒤늦게야 독서의 즐거움을 깨달은 때문이다. 누구나 자신이 지금과 여기에서 몰두하는 일에 전념하기 십상이다. 돈을 추구하는 자는 돈을, 권력을 탐하는 자는 권력을, 사랑을 얻고자 하는 자는 사랑을, 지식을 갈구하는 자는 지식을 따르는 법이다. 열망의 대상과

추구하는 의지에 따라서 인생의 모양새는 천양지차로 달라진다. 삶의 최종결과가 동일한 향기와 빛깔과 의미를 가질지라도 외양(外樣)은 대차(大差)가 나는 셈이다.

이번에 출간하는 졸저 『비가 오는데 개미는 왜 우산을 안 쓸까?!』는 나의 두 번째 서평 모음집이다. 2009년에 『기생충이 없었다면 섹스도 없었다?!』 하는 제목의 서평 모음집을 출간했다. '책과 함께 떠나는 즐거운 지식여행'이란 부제를 달았던 책이다. 인간과 과학, 사회와 역사, 문화와 세계, 문학과 예술의 4부로 구성하여 50여 권의 서책을 소개했다. 인문학, 사회과학, 자연과학, 예술 같은 모든 영역의 독서가 필수적이라는 지론을 실천한 서책이라 생각한다.

반면에 『비가 오는데 개미는 왜 우산을 안 쓸까?!』는 이런 학구적인 짜임새와 작별한다. 가장 최근에 읽은 서책을 앞머리에 배치하고, 예전에 읽은 책은 후미에 자리를 만들었다. 특정한 영역과 방향이 아니라, 지난 세월 어떤 서책에 내가 경도되었는지에 주안점을 둔 구성이다. 그럼에도 모음집에는 첫 번째 서평 모음집이 그러하듯 갖가지 영역의 독서기록이 빼곡하게 담겨있다. 나는 인문학 일변도의 제한적인 독서에 찬성하지 않는 사람이기 때문이다.

요즘처럼 지식과 정보의 생산－소비－소멸의 과정이 신속하게 진행된 시기는 일찍이 없었다. 너무나 많은 서책이 하루가 멀다않고 쏟아져 나온다. 일본이 자랑하는 최고의 독서가 다치바나 다카시도 이런 물량공세는 감당하기 버거울 것이다. 언젠가 그이가 집필한『뇌를 단련하다』를 읽고 나서 단단히 반성한 적이 있었다. 다독과 남독(濫讀)을 넘나드는 그의 정신과 사유의 지평이 범접하기 어려울 정도로 도저했던 때문이었다.

『비가 오는데 개미는 왜 우산을 안 쓸까?!』에 담긴 서책들은 지난 세월 내가 고민하고 사색한 내용을 다수 포함한다. 불가(佛家)의 난해한 서책『벽암록』은 얼마 전 입적한 무산당 오현 스님 덕에 온전하게 읽을 수 있었다. 장마철의 음습하고 삿된 기운을 단박에 날려버리는 청량한 기운이 차고 넘치는 서책이『벽암록』이다.『벽암록』과 더불어 읽으면 흥미로운 서책이『붓다의 치명적 농담』이다.『금강경』에 대한 친절한 해설서이자 철학적 입문서로도 손색이 없다.

러셀에게 1950년 노벨문학상을 안겨준『종교와 과학』은 지적이고 과학적이되 현실적이고 실증적인 서책이다. 종교의 도그마와 과학의 열린 자세를 대비하면서 과학과 종교의 대결양상을 명징하게 천착한 책이『종교와 과학』이다. 반면에『천문학 콘서트』는 그다지 무겁거나 어렵지 않게 밤하늘의 별들을 우러러보고 동주의 『별 헤는 밤』을 떠올리도록 하는 친근한 서책이다. 크고 작은 오류가 눈에 보이지만 곁에 두고 읽기에 조금도 부담이 없는 교양서다.

고 노무현 대통령이 숙독했다고 알려진 제러미 리프킨의 『유러피언 드림』은 21세기 블록화의 길에 들어선 세계를 이해하는 첨병 구실을 한다. 반면에 세계화 이론가이지만 유럽과 미국의 패권적 주도권과 사악한 오리엔탈리즘에 반대하는 입장을 가진 임마누엘 월러스틴의 『유럽적 보편주의』는 결이 상당히 다르다. 그런 맥락에서 영국의 좌파 이론가 마틴 자크의 『중국이 세계를 지배하면』은 21세기 세계의 정치 – 경제 지형도의 근본적인 변화를 예견한다.

이런 식으로 『비가 오는데 개미는 왜 우산을 안 쓸까?!』는 우리가 일상에서 경험하면서 마주하는 삶의 여러 가지 영역을 포괄한다. 가능하면 많지 않은 분량으로 지은이들이 어떤 생각과 지식과 정보를 우리에게 말하고자 했는지를 간명하게 정리하고자 노력했다. 그것이 얼마나 온전하게 성취되었는가, 하는 것은 오로지 독자제현이 판단할 문제다. 서책 첫머리의 다섯 권 서평을 제외한 나머지 서평들은 언젠가 인터넷언론 『오마이뉴스』에게재된 글임을 밝혀둔다.

　특별한 일이 없다면 나는 앞으로도 서평쓰기 작업을 지속하려고 한다. 어느 날 문득 지적 호기심이 사라지거나, 글쓰기가 지겨워지면 홀연히 작파(作破)하는 일이 생길 때까지는 말이다. 서책을 읽다가 부족한 점이 보이면 언제든 가차 없는 질정(叱正)과 따사로운 가르침을 베풀어주시기 바라면서 머리말에 갈음하고자 한다.

　　　　　　　　　　　2018년 7월 격동의 한반도 남단에서
　　　　　　　　　　　　　　　　　지은이 드림

차 례

비가 오는데
개미는
왜 우산을
안 쓸까?!

『사피엔스』: 인류는 정녕 신이 되고자 하는가?!

550년 동안 이어진 춘추전국시대를 마감하고 기원전 221년 중국 최초의 제국을 세운 진시황. 제국의 기틀을 다지면서 그는 불로장생을 열망하며 불로초를 구하려 한다. 지난 2002년 호남성(湖南省)에서 발견된 목독(木牘)에는 불로초를 구해오라는 황제의 명령과 그에 대한 지방 관리들의 답신이 담겨 있다. 갖은 노력에도 불구하고 진시황은 만 49세의 나이에 절명한다.

불로장생을 넘어 영생불사를 추구한 인물도 있다. 메소포타미아의 왕 길가메시는 친구인 엔키두의 허망한 죽음에 인생무상을 느낀다. 길가메시는 영생의 비밀을 알고 있는 노인 우트

15

나피쉬팀의 도움으로 불사(不死)의 약초를 구한다. 우루크로 돌아오는 길에 그는 약초를 뱀에게 빼앗기고 죽음을 숙명으로 받아들인다. 『길가메시 서사시』에 담긴 이야기다.

장구한 세월 인간은 불로장생과 영생불사를 추구해왔다. 그것이 한낱 신기루 같은 꿈일지라도 인간의 염원은 멈추는 법 없이 연면부절하게 이어졌다. 4차 산업혁명이 진행되는 21세기 초에 인류의 그런 열망은 그저 꿈이 아니라, 대담하고도 실현 가능한 기획이 되고 있는 듯하다. 이른바 '길가메시 프로젝트'가 구체적으로 작동하고 있기 때문이다.

유발 하라리의 『사피엔스』는 출간이후 지금까지 많은 논란과 문제의식을 제공한다. 인류가 경험한 세 가지 혁명, 즉 인지혁명과 농업혁명 그리고 과학혁명에 의지하여 그는 호모 사피엔스가 도달하고 있는 신기원을 추적한다. 인류가 아직까지 도달한 적이 없는 전대미문(前代未聞)의 탐구가 진행되고 있다는 것이다. 그것은 불멸(不滅)을 향한 인간의 중단 없는 탐구다.

인지혁명과 호모 사피엔스

6백만 년 전 침팬지와 갈라선 인간은 40만 년 전에야 이르러 비로소 대형 사냥감을 정기적으로 사냥하기 시작한다. 불을 일상적으로 사용한 인간은 10만 년 전에 먹이사슬 정점(頂點)에 오른다. 대략 7만 년 전에 호모 사피엔스는 동아프리카를 벗어나 아라비아 반도를 거쳐 유라시아 전체로 이주하기 시작한다. 이때부터 발생한 인류의 첫 번째 혁명이 인지혁명이다.

"인지혁명이란 약 7만 년 전부터 3만 년 전 사이에 출현한 새로운 사고방식과 의사소통 방식을 말한다. 우연히 일어난 유전자 돌연변이가 호모 사피엔스 뇌의 내부배선(內部配線)을 바꾼 것이다. 그 덕에 호모 사피엔스는 전에 없던 방식으로 생각하고, 새로운 유형의 언어를 사용하여 의사소통을 할 수 있게 되었다."(44쪽)

인지혁명을 경험한 사피엔스로 인해 지구상에 존재했던 호모 데니소바와 네안데르탈인 및 호미니드가 절멸(絶滅)하기에 이른다. 호모 사피엔스는 지난 1만 년 동안 지구의 유일한 인간종으로 남아있다. 사피엔스의 세계정복은 유연하고 수다 떠는 용도의 언어를 바탕으로 한다고 하라리는 확언한다. 언어를 통해 인간은 미지의 이방인(異邦人)과도 협력할 수 있는 능력을 확보했다는 것이다.

7만 년 전 이주를 시작한 사피엔스는 석기시대 기술만으로 4

만 5천 년 전에 오스트레일리아에 도착한다. 시베리아 북동부와 알래스카 북서부가 연결돼있던 기원전 14,000년에 인류는 아메리카에 도달한다. 그로부터 4천년 만에 사피엔스는 아메리카 최남단 티에라델푸에고 제도(諸島)에 도착한다. 문제는 사피엔스의 이주물결로 지구의 대형동물 절반가량이 멸종했다는 사실이다. 지구의 생물학적 연대기에서 가장 치명적인 인간이 가져온 멸종의 대홍수에서 살아남은 것은 인간과 가축뿐이다.

역사상 최대의 사기 농업혁명

인간은 1만 년 전부터 제한적인 동물과 식물을 선택하여 길들이는 일에 몰두하기 시작한다. 수렵과 채취로 연명(延命)하는 삶 대신 작물재배와 가축사육에 힘을 쏟기 시작한 것이다. 이와 같은 생활방식의 근본적인 변화를 '농업혁명'이라 부른다.

"농업이행 시기와 장소는 기원전 9500-8500년경 터키 남동부, 서부 이란, 에게 해 동부지역이었다. 농업은 지리적으로 제한된 지역에서 느린 속도로 시작되었다. 밀 재배와 염소의 가축화는 기원전 9000년 무렵이었다. 완두콩은 기원전 8000

년, 올리브는 기원전 5000년, 포도는 기원전 3500년 재배가 시작되었다. 말은 기원전 4000년부터 사육했다."(121쪽)

오늘날 인간이 재배하는 대표작물은 쌀과 밀, 보리와 옥수수, 수수 등이다. 인류가 기르는 대표적인 가축은 육축(六畜)이라 하여 소, 돼지, 말, 양, 개, 닭을 가리킨다. 작물재배와 가축 사육으로 식량은 증가했지만 그것이 더 나은 식사와 여유시간을 제공하지는 않았다. 예측할 수 없는 가뭄이나 홍수, 메뚜기나 곰팡이 등으로 인한 불안정한 수확이 원인이었다.

농업혁명은 지배자와 엘리트의 출현에 기초한 대규모 정치사회 체제를 낳았다. 그들은 농부의 잉여식량을 약탈하여 왕궁과 성채, 기념물과 사원을 축조한다. 근대 후기까지 인류의 90%가 농부였고, 그들의 잉여생산이 왕, 관료, 사제, 예술가, 철학자를 급양했다. 역사는 대다수 농부의 노동이 아니라, 극소수 엘리트의 이야기만을 기록한다.

농업혁명과 대규모 사회가 출현한 이후 국가경영을 위한 정보체계가 중요해진다. 수메르에서 인간의 뇌 바깥에 정보를 저장하고 처리하는 문자 시스템을 발명한다. 점토판에 적힌 수메르의 쓰기체계는 사실과 숫자에 한정된다. 이것이 기원전 3000-2500년에 쐐기문자로 진화한다. 이집트에서는 상형문자, 중국에서는 한자, 잉카제국에서는 결승문자 체계가 생겨난다.

과학혁명과 유럽 제국주의

　기원전 550년 무렵 페르시아의 키루스 대왕이 아카메네스 페르시아 왕조를 창건한 이후 인류는 2500년 동안 줄곧 제국의 후예로 살아왔다. 제국은 화폐와 종교, 표준화된 법률과 도량형 및 언어 등에 힘입어 인류를 통합했다. 이런 측면은 21세기 오늘날에도 유효하게 작동한다. 다만 그 전에 우리는 지난 500년 동안 유럽이 진행한 과학혁명을 돌아보아야 한다.

　유발 하라리는 현대과학의 특징을 세 가지로 요약한다.

　　"현대과학은 무지를 인정한다. 어떤 개념이나 이론도 신성하지 않고 도전 밖의 대상이 아니다. 과학은 관찰을 수집하고 수학적 도구로 관찰을 연결하여 이론을 창출한다. 현대과학은 이론을 사용해 신기술을 개발하려 노력하며 그 결과 새로운 힘을 획득하고자 한다."(356쪽)

　서기 1500년 이전에는 별개로 존재했던 과학과 기술이 긴밀한 관계를 맺고, 다시 자본주의와 결합함으로써 막강한 힘을 소유하게 된다. 18세기 중반이후 자본주의 체제와 산업혁명이 연결되면서 과학과 산업 그리고 군사기술이 얽히기 시작한다. 하라리는 "과학과 제국과 자본 사이의 되먹임 고리가 지난 500년 역사의 가장 중요한 엔진"(389쪽)이라고 강조한다.

세계의 권력이동은 1750-1850년 사이에 이루어졌는데, 그것은 과학과 유럽 제국주의 팽창시기와 일치한다. 1775년 세계경제의 80%를 점했던 아시아가 밀리게 된 계기는 과학과 자본주의의 결합에 기초한 유럽 제국주의의 유기적인 면모를 소유하지 못했기 때문이다. 아시아에는 과학과 자본주의에 터를 잡은 가치와 사법기구, 사회정치적인 구조가 없었다는 것이다.

16세기 이전의 제국 경영자들과 정복 군주들은 너나없이 권력과 부를 추구했다. 그런데 유럽 제국주의는 영토뿐만 아니라 지식획득을 열망했다. 1798년 이집트를 침공한 나폴레옹은 종교, 언어, 식물을 연구하는 과학자 165명을 대동한다. 유럽 제국주의는 아메리카를 정복하려는 욕망으로 신대륙의 지리, 기후, 식생, 언어, 문화, 역사에 대한 막대한 정보를 수집했다.

"과학과 자본주의는 유럽 제국주의가 21세기 유럽 이후의 세상에 남긴 가장 중요한 유산이다. 유럽인에게 제국건설은 과학적 프로젝트였고, 과학건설은 제국의 프로젝트였다."

(400-420쪽)

현대사회와 전쟁 그리고 폭력

19세기 이후 일상화된 산업혁명은 가족과 지역공동체를 붕괴시키고 국가와 시장이 그 자리를 대신함으로써 사회구조의 근본적인 변화가 일어난다. 가족과 공동체가 개인의 식량과 주거, 교육과 의료, 복지와 직업을 제공하지 못하고 국가와 시장이 그것들을 제공하게 된 것이다. 흥미로운 사실은 현존하는 대부분의 국가가 산업혁명 이후에 진화한 것이라는 점이다.

고대로부터 지금까지 살아남은 국가는 거의 없다. 현대에는 국가 간의 전쟁과 폭력이 현저히 감소했다. 지난 2000년 세계 전체의 사망자는 5,600만인데, 전쟁과 폭력으로 인한 사망자는 각각 31만, 52만으로 전체의 1.5%에 불과하다. 같은 시기 교통사고 사망자는 126만에 이른다. 2002년에는 자살자가 87만으로 전쟁과 폭력으로 인한 사망자 73만보다 더 많다.

하라리는 폭력의 감소 원인으로 국가의 등장을 말한다. 제2차 대전이 끝난 1945년 이후 드문 예외를 빼면 정복전쟁은 사

라졌다. 그 결과 유엔의 승인을 받은 단 하나의 국가도 전쟁이
나 정복으로 사라지지 않았다는 것이다. 오늘날처럼 평화가 너
무나 일상화돼서 전쟁을 상상하기 힘든 시대는 과거에는 없었
다. 그 원인을 몇 가지 살펴보자.

"전쟁의 대가가 너무나 커서 강대국의 전쟁은 집단자살과
같은 결과를 초래한다. 전쟁비용은 천문학적인데 전쟁의 이익
은 작아졌다. 현대의 부는 인적자본과 조직의 노하우로 구성
된다. 여기 더해 평화를 사랑하는 엘리트가 지배하는 역사상
최초의 시기가 도래했다. 치밀해진 국제적 연결망으로 국가의
독립성이 약화되어 전쟁발발 가능성이 줄어들었다."

(526-528쪽)

우리는 어디로 갈 것인가

1850년부터 1914년 제1차 대전까지는 영국이, 제2차 대전이
후 2008년 세계금융위기 전까지는 미국이 강력한 제국이었다.
오늘날에는 미국과 중국, 유럽연합이 정립하는 형국이다. 그러
나 우리는 오늘날 특정세력의 독점이나 지배가 아닌 지구단위

의 제국이 성립되고 있음을 본다. 그것은 과학과 기술, 산업과 자본이 총체적으로 결합된 지구적인 규모의 제국이다.

세계화와 블록화의 경향이 짙어질수록 인간은 인위적인 극한의 만족과 행복을 추구한다. 호모 사피엔스는 지적설계에 기초한 농업혁명으로 자연선택의 법칙을 이미 파괴했다. 가축과 작물은 인간이 설계한 존재이며, 이제 바야흐로 지적설계가 고도(高度)로 진행될 것으로 보인다. 하라리는 그것을 생명공학, 사이보그 공학, 비유기물공학의 세 가지로 설명한다.

영생불사가 가능한 초인이 생겨날 수도 있으며, 생물과 무생물이 부분적으로 결합한 사이보그가 등장할 날도 그리 머지않았다. 10-20년 안에 인간과 흡사한 인공두뇌가 컴퓨터 내부에 착상될 것이라 한다. 그 결과 2050년이 되면 일부 인간들은 죽지 않는 존재가 될 것이라는 예측도 나온다. 불멸하는 인간이 등장한다는 것은 호모 사피엔스의 종언을 의미한다.

이 시점에 인류가 직면할 질문은 "무엇이 되고 싶은가"가 아니라, "무엇을 원하고 싶은가" 하는 것이다. 하지만 인류는 무엇을 원하는지의 문제는커녕 아직도 무엇이 되고 싶은가 하는 문제도 해결하지 못했다. 고대(古代)의 불멸하는 신처럼 창조와 파괴의 권능을 가질 태세는 되어 있지만, 인류는 무책임하고 불만족한 존재로 지구를 위협하면서 여전히 동요하고 있다.

600쪽이 넘는 방대한 분량의 서책 『사피엔스』를 읽는 내내 대한민국의 '지금'과 '여기'가 떠올랐다. 4차 산업혁명이 눈부시게 진행되는 시점에서 여전히 남북분단과 이데올로기의 대립으로 신음하는 한반도의. 장밋빛 전망은 아니더라도 장쾌한 미래기획은 있어야 하지 않겠는가, 하는 아쉬움이 자꾸만 나를 찾아오는 것이다. 하여 이런 문제를 제기하고자 한다.

"우리는 21세기 질풍노도의 세계화와 과학화, 지구제국의 시대를 어떻게 대비할 것인가?!"

『걷기, 철학자의 생각법』: 철학자들은 어떻게 걸었을까

프랑스의 철학자이자 작가 겸 저널리스트인 로제 폴 드루아의 신간 『걷기, 철학자의 생각법』은 적잖게 흥미로운 서책이다. 인간의 걷는 방식과 산책, 도정(道程)을 관찰함으로써 생각의 움직임을 포착하려고 하기 때문이다. 드루아는 우리의 걷기와 말과 생각이 긴밀한 혈족관계를 맺고 있다고 생각한다. 그의 논리는 아래와 같다.

"인간은 걷기 시작하면서 말하고 생각하기 시작했다. 개인
도 마찬가지다. 어린아이는 같은 나이에 서서 조금씩 나아가

고 넘어지고 또 넘어지면서 사물에 이름을 붙이고 문장을 이해하고 자기생각을 말할 가능성을 터득하기 시작한다. 걷기는 인간이 되는 것이며, 걷고 생각하는 것이 연결되어 있다는 것을 인정한다면 우리는 새로운 성찰의 길에 서게 된다." (20쪽)

걷기와 생각하기와 말하기가 동일선상에 있음을 강조하는 말이다. 직립보행을 하지 않았다면 호모 사피엔스는 존재하지 않았을 것이라고 드루아는 판단한다. 그런데 나는 일반적인 어린아이와 다른 행보를 보였다 한다. 어머니 말씀에 따르면, 나는 앉은뱅이로 지내다가 어느 날 문득 일어나 걸었고, 어느 날 홀연히 완전한 문장을 말했다고 한다. 예외는 있는 법이므로?!

드루아의 서책은 고금동서의 철학자들의 걷기와 산책을 다채롭게 들여다보면서 종당에는 철학자의 걷기로 글을 맺는다. 고대의 도보자들과 함께, 동양의 도보자들과 함께, 체계적인 도보자와 자유로운 산보자들과 함께, 현대의 신들린 사람들과 함께 등 모두 네 차례의 산책이 등장한다. 각각의 항목에서 우리는 시공간을 넘나드는 철학적인 사유와 인식과 만난다.

고대의 도보자들

고대세계의 거주자들은 하나같이 걸었다. 고대 철학자들도 걸으며 생각하고 말하고 판단했다. 그들의 사유속도는 걷는 사람들과 같은 속도로 거리와 광장과 강과 바다를 건너 전파되고 혼융되었다. 그야말로 인간과 자연, 인간과 신이 하나의 세계 속에서 함께 숨 쉬고 살아갔던 황금시대가 펼쳐졌다. 그곳은 이제 돌이킬 수 없는 유장한 사유와 인식의 시공간이다.

엠페도클레스와 프로타고라스, 플라톤과 아리스토텔레스, 피론과 디오게네스, 세네카와 아폴로니우스 등이 드루아가 주목하는 인물들이다. 그 중에서 플라톤을 생각해보자.

『국가』를 쓸 무렵 플라톤은 동굴 속에 포박된 포로들을 상상했다고 한다. 오랜 세월 결박당해 사지(四肢)는 물론이려니와 목조차 꼼짝 못하는 포로들. 그들은 눈앞에 비친 이미지, 즉 실물의 그림자 말고는 아는 것이 전무하다. 드루아는 이것을 '동굴의 비유'라고 규정한다. 그는 포로들을 현대의 영화관객이라 단정한다. 투사(投射)된 이미지를 현실로 수용한다는 이유에서.

동굴의 비유에서 플라톤은, 우리는 감각의 허상(虛像)에 사로잡힌 포로이며, 진실은 가시적인 세계에 있지 아니하며, 저 너머 다른 곳에 있기에 그것을 찾아야 한다고 주장한다. 그렇게 하려면 동굴을 나와 바깥으로 나와 걸음으로써 영원한 이데아를 응시해야 한다. 진실을 깨달은 자는 동굴로 돌아가 허상과 불의(不義)가 지배하는 동굴을 진실과 선으로 재건축해야 한다는 것이다. 이 경우 그의 움직임은 이중의 걷기로 구성돼 있다.

> "하나는 어둠에서 빛으로 가는, 무지에서 앎으로 가는 걷기다. 다른 하나는 반대로 앎에서 구세계로 돌아가는 걷기다. 무지를 일소함으로써 그 세계를 바꾸기 위해 아는 자는 현자와 학자가 되어 동료들을 허상과 예속에 내버려두지 않는다. 이런 상승과 하강의 여행이 플라톤의 계획전체를 구성한다." (47쪽)

동양의 도보자들

드루아가 두 번째 산책에서 등장시키는 동양의 사상가들은 붓다와 노자, 공자와 힐렐, 샹카라와 밀라레파 등이다. 노자와 힐렐에 관해서 알아보자.

우리가 알고 있는 것처럼 노자는 푸른 소를 타고 석양 무렵 함곡관에 도달한다. 아침부터 상서로운 기운이 함곡관으로 다가오는 것을 느낀 수문장 윤희가 노자에게 글을 청한다. 거기서 유래하는 것이 5천자 내외로 기술된 『도덕경』이다. 노자는 거의 언제나 동물이나 마차를 타고 다니는 모습으로 그려진다. 드루아는 노자의 무위(無爲)개념을 간결하게 설명한다.

> "무위란 완전한 활동정지, 세상에 미치는 효력의 완벽한 부재가 아니다. 현자의 무위란 효력을 미치지 않는 것이 아니라 지고(至高)의 실효성, 절대적인 권력, 막대한 힘이 된다. 자연과 우주와 세상의 움직임과 하나가 되는 힘이다." (83쪽)

노자가 말하는 '무위자연'이란 개념은 아무것도 하지 않음이 아니라, 자연과 우주와 하나가 되어 막강한 세력을 얻어내는 지고지순의 경지라는 것이다. 이런 이치를 가장 간명하게 보여주는 것이 이른바 '노자삼보(老子三寶)'다. "내게는 세 가지 보물이 있어서 그것을 지키고 보존한다. 자애로움과 검약함, 세상을 위해 나서지 않음이다."(『도덕경』 67장)

힐렐은 유대사상의 초석(礎石)을 놓은 사람 가운데 하나다. 어느 날 힐렐에게 『토라』의 의미를 간단하게 보여주기를 요구하는 도발적인 인물이 찾아온다. 힐렐이 말한다.

> "성서 전체를 한 문장으로 말해달라고?! 문제없네. 사람들

이 네게 하지 않았으면 하는 것을 네 이웃에게 하지 말라. 이
것이 『토라』 전체의 말이네. 나머지는 모두 해설이야. 이제
가서 공부하게나..." (90쪽)

야훼(YHWH)의 계시를 받아 모세가 기록했다고 전해지는 『토
라』. 모세 5경이나 유대의 율법 혹은 히브리 성서 전체를 아우
르는 의미의 『토라』를 한 문장으로 압축한 힐렐. 그의 생각은
우리에게 매우 친숙하다. "내가 바라지 않는 바를 다른 사람에
게 베풀지 말라." 그렇다. 공자가 자공(子貢)에게 준 가르침과 똑
닮았다. 동양과 서양의 거리는 생각보다 멀지 않다.

체계적인 도보자들, 자유로운 산보자들

드루아는 어느새 우리를 서양의 근대로 인도한다. 13세기 말
근대의 여명(黎明)에서 시작하여 19세기 초까지 섭렵한다. 그 사
이에 우리는 오컴의 윌리엄 수도사, 데카르트, 디드로, 루소, 칸
트와 헤겔을 만난다. 그 가운데 데카르트와 디드로를 돌아보자.

드루아에 따르면 데카르트의 『방법서설』에는 걷기가 네 번
나온다고 한다. 그 중 하나.

"숲에서 길을 잃었을 때는 빙빙 돌며 헤매지 말아야하고, 제자리에 머물러서는 더욱 안 되며, 이쪽이든 저쪽이든 언제나 같은 쪽으로 최대한 똑바로 걸어야하고, 사소한 이유로 길을 바꾸지 말아야 한다. 이 방법으로는 가고자 하는 곳에 가지는 못하더라도 적어도 어딘가 끝에는 이를 것이기 때문이다. 그곳이 필시 숲속 한가운데보다는 나을 것이다." (133쪽)

길을 잃으면 당황하기 마련이다. 걷다보면 아까 왔던 길이 나타나고, 결국에는 같은 자리를 맴돌고 있음을 알게 된다. 그러면 더욱 당황해하고 출구를 찾지 못한 채 절망하기 십상이다. 그것을 극복하는 방법을 데카르트는 간명하게 제시한다. 뾰족한 해결책이 없다면 헤매거나 맴돌거나 멈추지 말고 한 방향으로 똑바로 걸으라는 게다. 핵심은 계속 걷는 것이다.

"말더듬이보다 더 말하기 좋아하는 사람은 없다. 절름발이보다 더 걷기 좋아하는 사람은 없다." (135쪽)

디드로가 남긴 기묘한 말이다. 각자에게 주어진 결핍과 장애가 우리로 하여금 더 멀리 나아가게 하는 조건이자 동인(動因)이라는 해석이 가능하다. 태어나면서부터 불완전하기 때문에, 혹은 살아가면서 부족함을 느끼기 때문에 우리는 내적인 추진

력과 동력을 얻어 그것을 극복하려고 하는 것이다. 드루아는
이것을 훨씬 명쾌하고 아름답게 정리한다.

"절름발이는 똑바로 걷는 사람보다 훨씬 유쾌하고 발랄하
며 음악적이다. 절름발이들이 걷기 좋아하는 것은 그들이 춤
을 추기 때문이다. 말더듬이들이 말하기 좋아하는 것은 그들
이 노래하기 때문이다."(138쪽)

현대의 신들린 사람들

산업혁명과 프랑스 대혁명, 근대대학으로 촉발된 정신혁명
을 거치면서 현대는 본연의 양상을 갖춘다. 그 시간대를 살아
간 대표적인 철학자로 드루아는 헝가리의 쾨뢰시 초머 샨도르,
마르크스, 소로, 키르케고르, 니체와 비트겐슈타인을 거명한다.
그중 마르크스와 니체를 보자.

65세에 런던의 집무실 소파에서 앉은 채로 죽은 마르크스가
규칙적으로 실천한 유일한 신체활동은 걷기였다고 한다. 헤겔
은 정신의 걸음, 즉 개념의 변증법을 믿었지만, 마르크스는 다
리로 걷는 변증법이야말로 완벽하게 합리적인 것이라고 생각

한다. 이념이 세상을 걷게 하는 것이 아니라, 세상이 이념을 걷게 한다고 마르크스는 주장한다.

> "문제는 인류가 걷는 법을 배우는 것이다. 필요와 강제된 노동의 지배를 뛰어넘어 인간은 자신을 재창조하고 어디로 갈지 생각해야 한다. 세상의 톱니바퀴에 낀 채 외부로부터 조종당하기를 멈추고 홀로 서서 나아가는 법을 배워야 한다."
>
> (174-175쪽)

최고의 생각은 걸으면서 떠올랐고, 걸어서 떨치지 못할 무거운 생각은 없다고 키르케고르는 말했다. 하지만 니체만큼 걷기에 많은 시간과 노력과 중요성을 부여한 철학자는 없었다고 드루아는 말한다. 생각하고 글 쓰고 제대로 사는 동안 니체는 걷고 또 걸었다는 것이다.

> "야외에서 몸이 자유롭게 움직이는 가운데 구상(構想)되지 않은 어떤 생각도 믿지 마라. 근육이 춤추는 가운데 구상되지 않은 어떤 생각도 믿지 마라. 누구나 발로 글을 쓴다. 누구든 걸음걸이를 보면 그가 자기 길을 찾았는지 알 수 있다. 목표에 가까이 다다른 사람은 걷는 게 아니라, 춤을 춘다."
>
> (187-189쪽)

인용문에서 알 수 있는 것처럼 니체의 관심대상은 부동의 존재가 아니라 생성하고 변화하는 것이다. 니체는 현실의 흐름을 응시하고, 끊임없이 변화하는 사물과 개인, 형태와 순간을 중시했다. 세상의 모든 것은 생겨나서 변화하고 죽고 다시 태어나는 순환을 거듭한다. 따라서 이 세상에는 운동, 흐름 그리고 이행(移行) 외에는 의미가 없다는 것이 니체의 생각이다.

글을 마치면서

1511년에 완성된 라파엘로의 『아테네 학당』 중앙에는 플라톤과 아리스토텔레스가 자리한다. 걸으면서 플라톤은 손가락으로 하늘을 가리킨다. 그것은 인간의 성찰이 하늘과 천체, 다시 말하면 변함없이 고정된 영원한 것과 영원성을 향해야 한다는 것을 뜻한다. 반면에 아리스토텔레스는 지상을 본다. 사변적인 것보다 감각세계의 경험적인 사실을 중시하기 때문이다.

스승과 제자의 이런 차이가 훗날 변증법으로 이어져 서양철학과 과학의 근간을 이룬다.

"철학적 사유는 추락의 시작, 균형 잡기, 다시 불안정, 다시
안정, 또다시 불안정, 또다시 안정... 이렇게 무한히 이어진다.
철학에서든 과학에서든 서양역사에서 진보는 언제나 하나의
확신에서 문제 삼기로, 두 번째 확신과 만회(挽回)에서 새로운
문제 삼기로 나아가는 방식으로 이루어졌다. 이런 형태의 걷
기를 진보라 부르는 것은 우연이 아니다." (110쪽)

　　근대이후 500년 넘도록 유지돼온 선진서양 후진동양의 도식
은 이런 사고방식의 차이에서 기인한 바 크다. 고대에서 현대
에 이르기까지 철학자들은 쉬지 않고 걸었다. 과거에 터를 두
고 자양분을 얻으면서 그들은 앞을 보며 걷고 걷는다. 따라서
걷는 것과 인간역사 사이에는 견고하고 항구적인 결합관계가
존재한다. 드루아의 결론을 소개하면서 글을 마치고자 한다.

　　"인류가 더 이상 걷지 않는다면 모든 것이 멈출 것이다. 시
간, 공간, 역사, 말과 생각도. 인간의 걷기가 점차 소멸(消滅)
하는 것은 모든 측면에서 인류의 소멸이 될 것이다. 덜 걷는
인류는 덜 생각한다. 한 걸음은 미미(微微)하지만 길은 무한하
다. 우리의 걷기는 언젠가 끝나지만, 걷기는 결코 멈추지 않는
다." (208-210쪽)

『세기의 소설, 레미제라블』:
『레미제라블』의 정수^{精髓}를 밝히는 길라잡이

글을 시작하면서

부끄러운 얘기지만 나는 지난 2012년에야 비로소 빅토르 위고의 『레미제라블』을 제대로 읽었다. 문고본이나 축약판 형태가 아니라 한글 완역판으로 위고의 대작을 읽은 것이다. 『레미제라블』을 읽는 동안 주변세계는 고요하고 작아졌다. 내 영혼과 육신의 매듭 하나하나가 위고가 창조한 시대와 인물과 사건 속으로 빨려 들어가는 것을 지울 수 없었기 때문이다.

37

우리는 『레미제라블』을 대개 '장발장'으로 받아들이며, 그의 초인적인 능력과 회개, 코제트를 향한 인간적인 정을 기억한다. 거기에 코제트와 마리우스의 풋풋한 사랑을 덧붙이면서 소설을 이해했다고 생각한다. 하지만 소설 첫머리에 나오는 루이16세의 처형과 공화정에 관한 미리엘 주교와 국민의회 의원 G의 논쟁은 이런 단선적인 판단과 결론을 단박에 날려버린다.

『레미제라블』은 1815년 6월 18일 워털루 전투가 끝난 직후 장발장이 19년 형기를 마치고 출감하는 장면에서 시작한다. 미리엘 주교의 자비에 힘입어 장발장은 마들렌이란 가명(假名)으로 몽트뢰유 쉬르 메르에서 사업가로 성공하고 시장자리에 오른다. 거리의 여인 팡틴의 딸 코제트를 구해 파리로 잠입한 장발장은 1832년 6월 봉기에 가담하여 마리우스를 구한다.

이런 식으로 위고는 장발장의 개인적인 삶과 19세기 초 프랑스 사회의 격동을 보여준다. 프린스턴 대학교수 데이비드 벨로스의 서책 『세기의 소설, 레미제라블』은 위고가 남긴 위대한 소설의 여정(旅程)을 연대기적으로 추적한다. 지은이는 위고의 개인사와 프랑스의 역사적 변동 그리고 소설의 등장인물과 출간 및 현재적 의미에 이르는 다채로운 시각을 펼쳐 보인다.

빅토르 위고와 『레미제라블』

벨로스는 위고(1802-1885)를 조숙한 문학천재로 규정한다. 뛰어난 라틴어 구사능력을 가지고 있던 위고는 어린 시절부터 정형시와 단편소설을 쓰기 시작한다. 1827년 운문희곡『크롬웰』을 발표하여 낭만파의 기수로 등장하고, 1830년 초연된 비극『에르나니』로 명성을 날린다. 이듬해에 그는 『파리의 노트르담』으로 대성공을 거둔다. 벨로스의 평가를 보자.

> "『노트르담의 꼽추』라고도 알려진『파리의 노트르담』은 반세기 동안 유럽문단을 평정한 괴테가 세상을 뜨기 1년 전에 출간되었다. 위고는 그에게서 유럽 최고천재의 망토를 넘겨받을 준비가 돼있었고 의지도 있었다. 그는 아카데미 프랑세즈 회원으로 선출되어 39세에 불후의 인물 40인 반열에 올랐고, 1845년에는 상원에 해당하는 귀족원 의원이 되었다." (32-33쪽)

1848년 2월 혁명으로 대통령이 된 루이 나폴레옹이 쿠데타로 제2제정을 세우고 나폴레옹 3세가 되자 위고는 강력한 저항자로 등장한다. "아우구스투스가 있었다고 해서 아우구스툴루스도 있어야 합니까. 큰 나폴레옹이 있었다고 해서 작은 나폴레옹도 있어야 합니까."(97쪽) 이로부터 빅토르 위고의 고단하고 신산(辛酸)한 망명생활과 『레미제라블』 창작이 이뤄진다.

1851년 12월 10일 자크 라방이란 이름으로 파리를 탈출한 위고는 벨기에로 망명했다가 1852년 영국령 저지섬에 도착한다. 1855년 건지섬으로 거처를 옮긴 위고는 1848년 2월 혁명으로 중단한 소설 『레미제르』를 꺼내든다. 1860년 4월 25일의 일이다. 같은 해 6월 말 위고는 40일 밤과 낮을 가난하고 비참한 사람들에 관한 소설을 쓰려는 이유를 숙고했다고 전한다.

1861년 10월 4일 위고는 벨기에의 출판업자 라크루아와 『레미제라블』 출판계약에 서명한다. 현금 24만 프랑과 옵션 6만 프랑, 총 30만 프랑으로 출판 역사상 가장 큰 거래였다고 한다. 고전비극의 5막 구조를 가진 『레미제라블』은 출간에 3개월이 소요되었다. 1부 팡틴은 1862년 4월 4일, 2부와 3부 코제트와 마리우스는 5월 15일, 4부와 5부는 6월 30일 완간되었다.

가난과 무지의 수난자 팡틴

몽트뢰유 쉬르 메르 거리의 아이였던 팡틴은 파리에서 낭만을 자처하는 대학생 톨로미에스의 애인이 되어 임신한다. 1817

년 무일푼으로 애인에게 버림받은 팡틴은 파리 근교의 몽페르메유에서 여관주인 테나르디에 부부에게 코제트를 맡기고 귀향한다. 미혼모라는 사실이 밝혀져 팡틴은 마들렌 시장이 경영하는 공장에서 쫓겨나 거리의 여자로 전락하여 죽음을 맞이한다.

『레미제라블』에서 위고는 가난과 무지로 고통 받는 사람들, 그 중에서도 여성을 주목한다. 위고는 말한다. "남자의 비참함을 본 것으로는 아무것도 보지 않은 것과 같다. 여자가 비참한 경우에 빠진 것을 보지 않고서는 아무것도 말할 수 없다." (우리는 톰 후퍼 감독의 뮤지컬 영화『레미제라블』에서 팡틴이 경험하는 참혹한 삶을 생생하게 확인할 수 있다.)

시민의 새로운 정치적 권리를 확립한 프랑스 대혁명도 민중의 가난문제를 해결하지는 못했다. 1837년 출간된 디킨스의 장편소설『올리버 트위스트』이래 빈곤문제는 당대의 뜨거운 화제였다. 가난이 남자를 범죄로, 여자를 죄악으로 인도한다고 확신한 위고는 빈곤타파가 국가의 의무라고 주장한다. 그렇다면 미혼모 팡틴은 어떻게 빈곤의 덫에 걸려들게 되었을까.

"위고는 팡틴의 삶에서 갈수록 커져가는 재앙을 그려낸다. 팡틴은 문맹(文盲)이고, 예상치 못한 임신을 하며, 아이 아버지에게 버림받고, 재정지원을 상실한데다가, 일자리를 잃고, 바느질 품삯이 떨어지고, 물리적으로 공격당하며, 체포당해

병까지 걸린다."(57쪽)

한 마디로 팡틴의 삶은 가난의 덫을 보여주는 전형적인 본
보기라 할 수 있다. 가난과 더불어 팡틴을 파괴하는 가장 치명
적인 요소는 그녀의 문맹이다. '무상(無償)으로 교육하지 않는
사회는 범죄'라고 갈파한 위고는 『레미제라블』 서문에서 다음
과 같이 쓴다.

> "프롤레타리아가 낳은 인간의 타락과 굶주림이 낳은 여성
> 들의 도덕적 타락과 어둠 속 방치가 낳은 아이들의 위축문제
> 가 해결되지 않는 한, 이 땅에 무지와 빈곤이 존재하는 한 이
> 런 책들이 결코 쓸모없지는 않을 것이다."(285쪽)

장발장의 위기와 변모

『레미제라블』의 주인공은 장발장이다. 하지만 일반적인 주
인공들과 달리 장발장은 매우 과묵한 인물이다. 벨로스는 위고
가 그려내는 소설과 장발장에 대해 흥미로운 견해를 제시한다.

"위고는 톨스토이처럼 소설에서 역사적인 사건의 의미에 관한 논평을 넣는다. 도스토예프스키처럼 영혼의 드라마를 전하려고 하며, 디킨스처럼 가난을 속속들이 보여주려 한다. 장발장은 라스콜리니코프나 이반 카라마조프처럼 복잡하거나 자기비판적이거나 비극적인 주인공이 아니며, 소설적인 인물도 아니다. 그는 성자도 아니며 새로운 인간의 본보기다." (26쪽)

빵 한 조각 훔친 죄로 5년형을 선고받은 장발장은 네 번에 걸친 탈옥시도로 19년의 수감생활을 견뎌야했다. 출감이후 그는 세 번에 걸친 도덕적-정신적 위기를 경험한다. 그 하나는 프티제르베의 동전을 빼앗은 것이고, 그 둘은 몽트뢰유에서 샹마티외가 누명 쓰는 것을 외면하려는 유혹이며, 그 셋은 마리우스와 코제트가 사랑할 때 느끼는 질투어린 분노와 상실이다.

프티제르베를 강탈한 장발장은 미리엘 주교의 영혼에 압도당해 회개함으로써 첫 번째 위기를 극복한다. 샹마티외 사건에서 장발장은 내면세계 깊숙한 곳에서 울려 퍼지는 양심과 의무의 목소리에 귀를 기울임으로써 위기를 이겨낸다. 가련한 소녀에서 아리따운 아가씨로 성장한 코제트를 바라보는 복잡다단한 심사(心思)의 장발장은 홀연히 바리케이드로 나아간다.

"무거운 짐을 진 채 거의 눈높이까지 찬 악취 나는 구정물을 헤치며 걸을 때 장발장은 헤라클레스와 테세우스에서 십자가를 진 그리스도 같은 존재가 된다. 하수도 장면은 『레미제라블』을 19세기 양식소설(樣式小說)보다 웅장한 그 무엇으로 만든다. 이 장면은 거의 전설을 창조하고, 등장인물을 신격화한다."(201쪽)

사경을 헤매는 마리우스를 어깨에 짊어지고 진창의 지하수로를 걸어가는 60살의 장발장. 몰락하면서 끝 모를 악으로 빠져 들어가는 나쁜 빈민 테나르디에와 달리 장발장은 위기의 국면을 차례로 극복하고 미리엘 주교의 자비로운 은혜에 보답한다. 장발장의 이야기는 계급이나 귀천과 무관하게 인간의 영적(靈的)이며 도덕적인 진보가 어떻게 가능한지 여실히 보여준다.

『레미제라블』이 남긴 뒷얘기들

위고의 동시대 작가들은 대중의 폭발적인 인기를 얻은 『레미제라블』을 혹평했다고 한다.

"보들레르는 『레미제라블』이 어설프고 고약하다고 말했다. 메리메는 『레미제라블』에 대한 대중의 열광은 인간이 원숭이 보다 멍청하다는 것을 보여줄 뿐이라고 했다. 뒤마는 『레미제라블』을 읽는 것은 수성(水星)에서 수영하는 것이나 진흙을 헤치며 걷는 것 같다고 불평했다."(343쪽)

출간 이후 지금까지 『레미제라블』은 65편의 영화로 만들어져 세계에서 가장 많이 각색된 소설로 알려져 있다. 세계적인 명성을 얻었지만 『레미제라블』은 프랑스의 역사적-도덕적-지적인 역할을 지나치게 강조한 것으로도 유명하다. 바리케이드의 지도자 앙졸라는 말한다.

"그리스가 시작한 것을 프랑스가 완성할 만합니다. 유럽의 횃불, 즉 문명의 횃불은 맨 처음 그리스가 들었다가 이탈리아에 전했고, 이탈리아는 그것을 프랑스에 전했습니다. 거룩한 선구적인 국민들이여! 횃불을 들어 올리시오!"(346쪽)

『레미제라블』의 바리케이드 투쟁은 1832년 6월 5-6일의 봉기를 그려낸 것이다. 1830년 7월 혁명으로 등장한 루이 필립의 집권초기에 시위 참가자 3천명이 3만에 이르는 정부군과 국민방위대와 맞서 싸운 사건이다. 허다한 혁명과 봉기로 점철된 프랑스 역사에서 이 사건은 미미한 소동에 지나지 않았지만 위고는 위대한 프랑스 혁명의 의미를 제시하고자 진력한다.

프랑스 대혁명은 '그리스도 탄생 이래 인류의 가장 위대한 진보'라고 위고는 소설에 썼다. 오늘날 민감한 정치적인 사안에서 프랑스를 바라보는 세계인의 시선은 나름 근거가 있는 셈이다.

> "프랑스를 근대사의 전면에 서게 한 것은 국가의 특성이 아니라 혁명구호에 담긴 자유, 평등, 형제애 같은 관대한 사상이다. 설령 예측하지 못한 결과와 악용이 따르더라도 위고는 이런 보편적인 가치를 변함없이 지지했다. 그때까지 자유와 평등의 균형을 시도하거나, 이 두 가지와 형제애적인 사회통합과 유대의 균형을 시도한 유럽의 정치조직은 없었다."
>
> (347-348쪽)

위고는 1885년 83세로 영면하고, 200만이 참여한 장례행렬이 판테온까지 동행한다. 그 전에도 그 후에도 이런 대규모 군중이 파리에 모인 일은 없었다고 한다. 위고 사후 130년 세월이 흐른 오늘날에도 그의 사유와 인식 그리고 열망은 우리와 함께하고 있다.

『미래중독자』: 인간에게 내일은 무엇인가

"젊은 거지 박대하지 마라!"는 말이 있다. 늙은 거지야 갈 데 까지 갔으니 그렇다 쳐도 젊은 거지의 앞날은 알 수 없다는 얘 기다. 앞길이 구만리 같으니 시간의 흐름과 더불어 그가 맞이 할 미래의 향방은 미상불(未嘗不) 예측불허 아닌가. 거지도 그럴 진대 우리 같은 장삼이사(張三李四)야 두말할 나위도 없다.

그래서일까?! 수많은 한국인들은 '지금과 여기'를 미래에 내 맡긴 채 고단한 나날을 살아가고 있다. 살아오면서 숱하게 들 었던 얘기가 "다음에 해라" 아닐까?! 고교시절엔 대학 가서 해 라, 대학시절엔 취직해서, 취직하면 결혼해서, 결혼하면 애 낳고서, 애 낳으면 집 산 다음, 집을 사면 아파트 평수 넓힌 다음, 그런 식으로 우리는 미래에 저당 잡힌 생을 살아간다.

왜 우리는 죽기 직전까지도 내일 혹은 미래에 기대를 거는 것일까. 현재에 대한 영원한 불만족이 가장 큰 원인 아닐까. 현재에 만족하고 행복하다면 아직 오지 않은 날들에 대한 기대나 바람에 의지하지는 않을 테니까. 단순한 불만족만이 아니라, 현재의 불안과 부당함, 억울함과 불편함, 좌절과 절망을 위로할 유일한 출구가 혹시 미래는 아닐까.

여기 미래를 먹고 살아가는 지구상의 유일한 종 인간을 탐구한 서책이 있다. 『미래 중독자』라는 제목을 달고 있지만, 원제는 『내일의 발명 The Invention of Tomorrow』이다. 부제가 서책의 주제를 선명하게 드러낸다. '멸종직전의 인류가 떠올린 가장 위험하고 위대한 발명, 내일' 이렇게 다니엘 밀로는 독자들에게 '미래'의 의미를 캐묻고 대답한다.

인간의 아프리카 탈출

서책의 지은이 다니엘 밀로는 파리 사회과학고등연구원 교수로 재직하고 있는 철학자이자 역사학자이며 생물학자다. 그에 따르면 6만 년 전 인류의 총수는 불과 5만 명 남짓이었다고 한다. 인류역사 99% 시기에 인간은 생존과 멸종 사이에서 위태로운 줄타기를 계속했다는 얘기다. 그런 인간이 58,000년 전에 '내일 보자'고 하면서 아프리카를 떠났다는 것이다.

> "동굴에 살던 어느 인간이 다른 인간에게 내일 보자, 라는 인사말을 건네면서 세상이 완전히 달라진 것이다. 지금부터 140억 년 전에 일어난 빅뱅 이후 그와 같은 일은 그때까지 한 번도 일어나지 않았다. 그때까지는 전자, 양자, 태양, 별, 미생물, 동물, 식물 등 모든 존재가 영원한 현재의 포로였다."
>
> (29-30쪽)

케냐와 에티오피아 중간지역 어딘가에서 일어난 미증유(未曾有)의 기적 '내일 보자'가 인류멸종을 막았다는 것이 밀로의 주장이다. 선사시대의 인간이 '내일 보자'라고 말한 그날부터 인류역사는 근본적으로 바뀌었다고 한다. 이것을 그는 '스몰 뱅'으로 규정하는데, 그것은 두 시간 후, 내일 새벽 혹은 다음 주처럼 예측을 시간적으로 구분함을 일컫는다.

인류의 아프리카 탈출은 어떻게 일어난 것일까. 케냐의 마사이마라 국립공원에 서식하는 얼룩말과 누의 이동은 풀과 물의 필요, 즉 생태적인 압력으로 발생한다. 하지만 인간의 탈 아프리카는 전혀 다른 기원을 갖는다. 오롯이 '호기심' 때문이었다. 평화롭고 안락하게 거주하던 지역 저 너머에는 무엇이 있을까, 하는 지적인 호기심이 그들을 강렬하게 유혹한 것이다.

인간의 가장 위대한 발명품은?!

대략 600만 년 전에 침팬지와 갈라선 인간이 이룩한 최고최대의 발견은 무엇일까, 하는 지은이의 질문은 무척 흥미롭다. 그것은 인간을 가장 인간답게 만든 것이 무엇이냐, 하는 질문과 동일한 성질을 내포한다. 불과 도구, 언어와 문자, 피라미드와 스핑크스.. 철학과 예술, 나침반과 인쇄술, 자본주의와 사회주의, 프랑스 대혁명과 러시아 10월 혁명...

다니엘 밀로는 '내일의 발명'이라고 단언한다. "내일 보자!"를 그는 인간이 떠올린 가장 위대한 문장으로 규정한다. 그도 그럴 것이 지구에서 앞날을 예측하고 대비하는 유일한 동물이 인간이기 때문이다. 그의 지적을 보자.

"전자, 뉴런, 단백질, 미생물, 달팽이, 사막, 귀여운 아기, 이 모든 것들은 예외 없이 지금과 여기의 프레임에 갇혀 있다. 에

일리언이 없는 것과 마찬가지로 이 프레임에서 벗어나는 피조
물도 존재하지 않는다."(190쪽)

지구상의 모든 것들이 현재와 과거의 틀 안에 정지해 있는
반면 인간은 아직 오지 않은 시간을 염두에 두는 유일한 생명
체다. 인간은 지난날과 지금이라는 존재의 영역과 미래라는 비
존재의 영역을 모두 소유하는 특별한 변종(變種)인 셈이다. 그런
데 생물학적 연속성의 관점에서 본다면 인간만이 특출 나고 대
단한 존재는 아니라고 한다. 다윈의 말을 인용한다.

"인간과 고도로 발달한 동물의 지적 능력 차이는 그 차이가
아무리 크다 하더라도 정도의 차이일 뿐, 본질적인 차이는 아
니다."(41쪽)

다윈의 결정적인 발견인 생물학적 연속성의 원칙은 미생물
과 코끼리, 유칼립투스와 바퀴벌레, 요한 세바스티안 바흐를
하나로 이어준다. 왜냐하면 세균과 곰팡이, 식물과 동물은 불
멸의 유전자라고 불리는 500개 정도의 공통 유전자를 가지고
있기 때문이다.

달리 말하면 인간과 바나나의 DNA는 50%가 서로 일치한다

는 것이다. 인류를 제외한 모든 피조물이 지금과 여기 혹은 과거에 형성된 존재로 머물러 있다면, 인간은 미래를 발명한 지적 능력 덕분에 요람에서 무덤까지 끊임없이 변화한다.

절대적인 변종, 인간?!

『미래 중독자』에서 다니엘 밀로는 다채로운 인용문으로 독자를 즐겁게 한다. 그 가운데 인간을 규정하는 몇몇 구절을 살펴보자.

　"많은 것들이 대단하다. 하지만 인간만큼 대단한 것은 없다." (소포클레스 『안티고네』)

　"인간은 전쟁의 잔혹성에 발을 담고 있는 유일한 동물이다. 노예적인 예속성과 복종심도 인간의 전유물이다. 하지만 인간은 유일하게 종교적인 동물이기도 하다." (마크 트웨인)

　"생명의 첫새벽을 울음만으로 여는 피조물은 어디에도 없다. 인간은 태어난 지 40일은 되어야 웃음을 알게 된다."
　　　　　　　　　　　　　　　　　　　(플리니우스 『박물지』)

지극히 연약하고 무기력하게 세상에 첫 선을 보이는 인간이지만, 더욱이 성장속도가 엄청나게 더딘 인간이지만 인간만큼 대단한 존재는 세상에 없다는 것이다. 여타 동물들에게는 없는 노예적인 굴종과 예속성을 소유하고 있지만, 인간은 전쟁광이며 동시에 종교성을 가진 유일한 존재이기도 하다. 이런 모순을 설명하는 인용문이 뒤따른다.

"인간의 자리는 정해져 있지 않기에 인간은 야곱의 사다리를 타고 기어올라 천사의 발가락을 간지럽게 할 수도, 짐승의 수준으로 추락할 수도 있다." (조반나 미란돌라)

"인간은 타고난 것에서 학습한 것으로 넘어갈 수 있다. 인간은 진화의 첨병(尖兵)이며, 추가적인 진보를 성취할 수 있는 유일한 종이다." (줄리안 헉슬리)

"인간만이 추억과 희망, 후회와 환상을 가진다."
(쇼펜하우어)

"인간은 약속할 수 있는 유일한 동물이다." (니체)

호기심 하나로 진화의 사다리 정점에 오른 인간은 그 본성에서 보면 천사와 악마라는 야누스의 이중성을 가진다. 비상과 추락을 일상적으로 경험하며 살아가는 존재 인간. 그럼에도 인간은 태어난 본모습에 머물러 있는 여타 동물과 달리 학습을 통해서 천변만화할 수 있는 유일한 종이기도 하다. 지구상에서 최고의 진화 가능성을 소유하고 있는 절대적인 종 인간.

인간으로 하여금 그런 속성을 가지게 한 것은 다름 아닌 내일이다. 과거의 추억과 미래의 희망, 지난날의 회한(悔恨)과 다가올 날에 대한 환상을 가진 인간. "내일 보자!"고 약속할 수 있는 유일자 인간의 위대성을 예찬하는 서책이 『미래중독자』다.

글을 마치면서

밀로는 인간이 가져온 놀랄만한 변화를 직시한다. 그에 따르면 신석기 혁명이후 종의 진화에서 인간이 차지하는 비중은 자연선택의 비중을 넘어선다고 한다. 여타 동물들과 구별되는 결정적인 뇌를 가진 인간은 지구상에서 가장 중요한 동물이며, 지구의 미래를 결정할 수 있는 유일자라는 것이다. 여기에 문제의 핵심이 있다.

만성적인 불만에 사로잡힌 호모 사피엔스가 현실을 있는 그대로 받아들이지 않기 때문에 세상에는 숱한 잉여(剩餘)가 발생한다. 단적인 본보기가 세계전역에 퍼져있는 고양이들의 변종이다. 우리가 예찬하는 자연은 혁신과 창의성을 싫어하며 진보를 증오한다고 밀로는 말한다. 그래도 진화가 일어난다면 그것은 자연의 뜻과 무관한 인간의 개입에 따른 것이다.

인간개입이 초래할 전대미문의 진화의 결과를 어떻게 감당할 것인가, 하는 문제가 과제로 남아있는 것이다. 미래를 발견한 이후 인간은 지금과 여기의 구체적인 존재와 삶에 대해서보다 앞으로 일어날 일에 대해 훨씬 더 많이 이야기하게 되었다. 그리하여 우리는 미래의 수인(囚人)이 되어 찡그린 얼굴로 오늘 하루도 내일을 기약하며 살아가고 있는지 모른다.

『도련님의 시대』:
『도련님의 시대』에 나타난 일본의 근대풍경

만화를 본다는 것은 유쾌한 일이다. 학창시절 시험기간에 공부 대신 만화방에서 온종일 만화만 보다가 저녁나절 집에 들어간 적도 있었다. 그만큼 만화를 좋아했던 셈이다. 그런데 아마 세계에서 만화를 제일 많이 보는 나라를 들라면 일본이 엄지척일 것이다. 요즘엔 달라졌지만 일본의 전철이나 신간선에서 만화를 탐독하는 사람들이 그리 많았다는 게다.

한국의 어른들은 만화를 잘 보지 않는다. 만화가 싫어서가 아니라, 들여다볼만한 성인만화가 흔치 않아서 그럴 것이다.

그런 점에서 일본의 어른은 축복받은 사람들이다. 『도련님의 시대』 역시 어른들이 보고 느낄만한 상당히 수준 있는 만화책이다. 더욱이 흥미위주로 제작한 것이 아니라, 일본의 근대형성 과정을 다각도로 천착한 깊이 있는 수작(秀作)이다.

일본의 근대를 대표하는 명치유신과 그 시대를 살아간 사람들의 이야기가 만화에 빼곡하다. 『도련님의 시대』에는 모두 5권의 만화가 들어있다. 만화는 명치시대(1868-1912)를 살아갔던 인물들을 중심으로 일본의 근대를 그려낸다.

일본의 근대소설 창시자인 나쓰메 소세키, 하이쿠의 대가 다쿠보쿠, 일본에 러시아문학을 이식하고 『뜬구름』으로 일본 근대소설의 문을 연 하세가와 다쓰노스케(후타바테이 시메이), 일본 천황을 암살하려 했던 무정부주의자 슈스이 고토쿠 덴지로 같은 사람들이 등장한다.

『도련님의 시대』의 글쓴이 세키가와 나쓰오가 주목하는 인물은 단연코 나쓰메 소세키다. 제1권과 5권이 오롯 그에게 바쳐져 있으며, 소세키와 얽힌 이야기들이 곳곳에 나오기 때문이다. 그만큼 일본의 근대성립과 소세키가 긴밀하게 연관되어 있다는 반증이기도 하다. 흥미로운 것은 소세키와 안중근이 동경에서 조우(遭遇)한 일도 있다는 것이다.

나쓰메 소세키(1867-1916)와 근대일본

나쓰메 소세키의 본명은 긴노스케였지만, 1889년 한문시집을 출간하면서 소세키로 서명(署名)한다. 소세키는 동경 제일고등학교와 동경제대 영문학과에서 공부하고 고등학교 교사를 지낸다. 1900년 4월부터 1902년 12월까지 국비 장학생으로 런던에 유학한다. 유학생활 중에 그는 한문학과 영문학의 이질성을 자각하는 동시에 동서문화 융합에 기초한 신문명 창조라는 일본의 국가목표의 모순과 마주치면서 목표를 상실하고 만다.

소세키는 명치시대를 살아가면서 서양과 서양문명에 대한 반감(反感)과 일본과 일본인의 정체성을 깊이 사유한다.

> "일본은 서양화될 것이다. 문학에서 만큼은 내가 일본인임에 입각하여 이 압박에 항거하고자 한다. 문장을 쓸 때도 일본어로 쓰면 서양어가 섞여 나오고, 서양어로 쓰려 하면 힘이 들어서 일본어로 쓰고 싶지만, 수습 안 되는 문장이 되어버린다." (1901-1902년)

> "일본인에게는 일본인의 특성이 있다. 일률적인 서양모방은 문제다. 서양만이 모범이 아니며, 우리도 모범이 될 수 있다. 서양을 이기지 못하라는 법은 없다." (1905, 러일전쟁 이후)

1890년 동경대학 입학 무렵부터 시작된 신경쇠약은 평생 소세키를 괴롭힌다. 세키가와 나쓰오는 소세키의 신경쇠약을 이렇게 표현한다.

> "소세키는 다른 사람과 시선 맞추기를 두려워했다. 그는 타인이 자신을 감시하고 있다는 망상과 환상을 가지고 있었다. 그는 런던 유학이후 창문을 두려워했다. 커튼 너머에서 누군가가 자신을 훔쳐보고 있다고 믿었다. 소세키의 병은 근대 사회에서 비로소 자아에 눈뜨게 된 일본인의 고민, 또는 서구를 증오하면서도 서구를 배워야 했던 일본 지식인의 딜레마와 같은 뿌리에서 나온 것이었다."(『도련님의 시대』 1, 51-52쪽)

소세키의 소설 창작은 신경쇠약을 극복하기 위한 방편으로 알려져 있다. 1904년 『고양이전』이란 30매 분량 유머작품을 썼는데, 다카하마 교시의 제안에 따라 『나는 고양이로소이다』라는 이름으로 출간한다. 이것은 연재 형식으로 지속적으로 출간되었고, 소세키는 이후 『도련님』과 『풀베개』(1906), 『산시로』(1908), 『마음』(1914), 『미치구사』(1915) 등을 남긴다.

장편소설 『풀베개』와 소세키의 사유

『풀베개』는 한 마디로 소설 같지 않은 소설이다. 어떤 사건이나 갈등 혹은 일관된 줄거리도 없이 시작해서 끝난다. 장편소설은 본디 호메로스의 장편 서사시 『일리아스』와 『오디세이야』의 현대적 변용이라 할 수 있다. 따라서 소설을 쓴다는 것은 서양적인 것 내지 서양의 자각한 근대적 개인이나 사회를 허구의 형식으로 드러내는 것을 뜻한다.

그런데 『풀베개』는 그런 성격과 판이하게 다른 형식과 내용을 취한다. 일련번호 1부터 시작하여 13에서 밋밋하게 끝난다. 적잖은 인물이 등장하지만, 근본적으로 화자(話者)인 '나'의 내면풍경과 사유와 인식이 소설의 근본뼈대를 이룬다. 그렇다고 해서 제임스 조이스의 『율리시즈』(1922)처럼 '의식의 흐름'과 연관이 있는 것도 아니다.

『풀베개』는 서양과 견준다든지 혹은 대등해지겠다는 명제를 시험해본 소설이라 할 수 있다. 하이쿠와 한시의 품격과 풍미(風味)가 도처에 차고 넘치는 기이한 소설이자 서양에는 없는 소설이 『풀베개』다. 『풀베개』는 유럽과 일본의 미학과 문학이 한판 대결을 벌이는 각축장이다. 거기 등장하는 동서양 인물과 서책들의 면면을 살펴보자.

셸리, 도연명, 성당(盛唐)시대의 시인이자 화가인 왕유, 『금색야차』의 오자키 고요, 『파우스트』, 『햄릿』, 『채근담』, 『논어』, 『중용』, 다도, 이백, 두보, 백거이 『장한가』, 굴원 『초사』, 다빈치, 존 밀레이의 『오필리아』, 만엽집, 조지프 윌리엄 터너, 고트홀드 레싱, 로렌스 스턴 『신사 트리스트럼 샌디의 생애와 의견』, 마쓰오 바쇼(하이쿠), 이토 자쿠추(화가)...

『풀베개』에서 우리의 관심을 끄는 대목 하나 소개한다.

"중국의 기구(器具)는 다 어설프다. 아무래도 바보 같고 굼뜬 인종이 발명한 것이라고 생각할 수밖에 없다. 보고 있는 동안 멍해지는 점이 중요하다. 일본은 소매치기의 태도로 예술품을 만든다. 서양은 크고 섬세하며, 어디까지나 속된 마음을 버리지 못한다." (110쪽)

어떤 노인의 방에 깔린 융단을 보고 화자의 소감을 피력한 대목이다. 여기서 언급되는 중국과 일본 그리고 서양의 예술에 대한 작가의 선명한 대조가 눈에 들어온다. 중국물건에 대한 업신여김과 단아(端雅)한 장인의 솜씨로 버무린 일본예술 그리고 세속의 취향을 결코 버리지 못하는 서양예술까지. 소세키의 사유가 도달하는 대상은 언제나 일본과 서양이다.

『도련님의 시대』에 그려진 명치시대

1986년 12월부터 이듬해인 1987년 3월까지 『도련님의 시대』 첫째 권이 주간만화 『액션』에 연재된다. 글을 쓴 세키가와 나쓰오는 만화 곳곳에 자신의 인식과 사유를 명징하게 밝힘으로써 독자들의 이해를 돕는다. '평온하고 서정적인 시대'로 명치를 이해하는 당대의 통속적이고 형식적인 해석에 반대하면서 그는 힘주어 말한다.

> "명치는 격동의 시대였다. 명치인(明治人)들은 어떤 의미에서는 현대인보다 더 분주했을 터다. 우리의 고민 가운데 태반(太半)을 명치인들은 이미 경험했다. 내셔널리즘, 덕목, 인품, 부끄러운 줄 알다 같은 일본문화의 핵심을 이루는 말이 가능했던 시대가 명치였다."(『도련님의 시대』 1, 247-248쪽)

> "우리가 오늘날 생각하는 것이나 반응하는 방법의 원형이 형태를 갖춘 것은 명치시대다. 근대이후 현재까지 일본에 은혜를 베풀고 동시에 괴롭게 만들었던 것은 서구문명 그 자체, 그리고 그것과 불편하게 동거하는 것이다. 백인이 동아시아인보다 아름다워 보였을 때 일본 혹은 아시아의 고뇌는 시작되었다. 현대의 원형은 명치에 있다. 일본의 고뇌의 뿌리도 명치

에 있으며, 명치는 현대가 잃어버린 광채를 여전히 빛내고 있
다."(『도련님의 시대』 2, 288-290쪽)

두 인용문에서 우리는 현대일본의 원형질, 일본인의 근대성
확립이 명치시대에 있음을 확인한다. 우리가 만나는 일본인들
의 형상이 조선후기와 구한말 그리고 경술국치 어간에 만들어
졌다는 사실은 의미심장하다. 우리가 경험해온 치욕의 역사와
정반대로 일본과 일본인은 '탈아입구(脫亞入歐)'의 선봉에 서서
서구와 경쟁하면서 자의식을 확립한 것이다.

한국인과 근대성

한국의 근대를 말할 때 맨 처음 떠오르는 것은 무엇인가?!
백열전구와 전차, 신체시와 철도 혹은 고종이 즐겨 마셨다는
커피?! 구한말과 일제강점기에 근대와 근대인이라는 명제를 두
고 신경쇠약이나 위궤양으로 괴로워한 한국인은 누구였을까?!
왜 우리는 일제의 종살이를 하고, 그들을 통해 근대와 근대성
을 수용해야 하는지 문제를 던진 사람은 누구일까?!
『도련님의 시대』를 읽으면서 그런 의문이 꼬리에 꼬리를 무

는 것이다. 한국의 근대문학은 어떻게 태동한 것일까. 이광수, 김동인, 현진건, 염상섭 같은 작가들과 『개벽』, 『백조』, 『창조』 같은 동인지며, 『해에게서 소년에게』나 『불노리』 같은 신체시, '토월회'와 '극예술연구회'의 신극운동의 기저(基底)에 자리한 것은 모두 일제 아니었는가!

그런데 누가 식민지 조선과 근대를 결부하여 과거를 곱씹으며 현재를 사유하고 미래를 고뇌하였는가! 이런 점에서 '동학'이나 그것을 뒤이은 천도교를 제외한 한국인들의 어떤 사유나 인식에도 자각한 근대인의 의식은 결석했다고 나는 생각한다. 결론적으로 우리에게는 단 한 사람의 나쓰메 소세키도 없었을 뿐더러, 그것은 아직도 현재 진행형이라는 사실이다.

1,300년 넘도록 중국과 중국인의 눈과 창(窓)으로 세계를 인식하고, 반세기 이상 일본과 일본인의 눈을 빌리고, 다시 70년 넘게 미국의 시선으로 세계를 들여다보는 한국인이라니. 이런 문제의식을 불현듯 일깨워준 서책이 『도련님의 시대』다. 이제는 자각하고 반성하고 근본적인 물음을 던질 때도 되지 않았는가?! 한국과 한국인은 세계인과 세계사에 과연 무엇인가!

『낯익은 타인들의 도시』: 최인호 마지막 장편소설

소설을 읽는다는 것은 유쾌한 일이기도 하지만 노역이기도 하다. 만일 익숙한 어법과 관계와 사건과 마침내는 주제까지도 친근하다면 무협지 읽는 일이나 다름없이 편안한 노릇일 터. 하되 그것과 대척적인 수고로움을 동반한다면 독자는 혼곤(昏困)해진다. 최인호의 최후 장편소설로 불리는 『낯익은 타인들의 도시』(이하 『도시』)는 후자에 속한다.

『도시』의 구성은 다소 생뚱맞다. 3부 구성이되, 토요일이 제 1부, 일요일이 제2부, 월요일이 제3부다. 이쯤이면 벌써 명민한 독자는 알아챌 것이다. 『도시』의 핵심적인 요소 가운데 하나가

응축된 시간이라는 점을. 지극히 압축된 사흘의 시간 속에서 인물들이 유영(遊泳)하고 부유(浮游)하는 속도의 장편소설.

따라서 공간은 그에 합당한 짜임새를 가지지 않으면 안 된다. 시간과 공간은 언제나 '쥐포의 양면'처럼 분리 불가능한 짝이기 때문이다.

『도시』에서 주인공 케이(K)가 싸돌아다니는 공간은 서울의 강남과 강북이다. 천만 인구가 거주하고, 유동인구가 배가(倍加)되는 매트로 시티 서울. 따라서 독자는 다시 하나의 정보를 얻는다. 21세기 서울이라는 공간이 『도시』의 인물과 사건에 깊숙이 개입하고 매개하는 원천 가운데 하나라는 사실을.

시간과 공간이 상당히 극명하게 드러나 있기 때문에 독자는 이야기의 줄거리를 따라 인물들의 관계와 갈등 그리고 사건의 흐름을 추적하면 그만이다. 이런 전제를 두고 생각하면 『도시』는 아주 평범하고 안온하며 쉬운 소설일 것이다. 그런데 실상은 어떠한가?!

속도감과 거기 알맞은 간결함 그리고 난삽하지 않은 관계와 묘사로 『도시』는 빨리 읽힌다. 그와 반면에 『도시』는 우리에게 낯선 문제를 제기함으로써 예기치 않은 장애를 선사한다. 그것은 평범한 중년사내의 의식 저류를 흐르는 또 다른 자아와 그것이 야기하는 또 다른 관계와 일상을 포착한다. 분신 내지 분열된 자아가 불러오는 혼돈과 난마(亂麻)에 혼란스러운 것이다.

이를테면 케이는 어느 참인가 케이 1로, 혹은 케이 2로 분열하고 확산한다. 그러다가 케이 1과 케이 2가 갑작스레 케이로 수렴되기도 한다. 하나의 자아에서 발원하는 세 인물의 동시출현과 사라짐이 뒤얽혀 있는 소설이『도시』다. 본래적인 자아는 누구이며, 어디 있고, 어떤 인물들과 관계하는가, 하는 문제가 성립한다.

여기 추가되는 것이 욕망이다. 20세기 이후, 특히 프로이트와 융 이후에 일반화된 인간의 무의식 저변에 넓고 깊게 포진(布陣)해 있는 허다한 욕망의 실체를 가감 없이 드러내는 소설이『도시』다. 욕망과 무의식은 행동반경을 넓혀서 자아의 본령을 찾아가고, 그것은 현대인의 실존과 결합하면서 그가 맺고 있는 관계의 실체까지 확인하고자 한다.

『도시』에서 가장 넓고 깊게 드러나는 욕망은 섹스 혹은 육체에 대한 욕망이다. 그것은 직접적이고 노골적인 형태로도 (케이와 제이에스 관계), 암시와 간접적인 형식으로도 (케이와 세일러문 관계)로도 나타난다. 그 양자(兩者)의 진자운동 사이에서 케이의 욕망은 출렁거리며 멀미한다. 욕망에 내재된 냄새와 의식과 종교적인 참회까지 다채로운 면모를 가지면서 성욕은 다각도로 변주된다.

따라서 독자는 케이(혹은 케이 1, 혹은 케이 2)가 대면하는 의식과 사유와 행위와 관계와 사건과 갈등의 면면들과 복잡다단하게 얽혀든다. 이미 친숙해진 영화 『매트릭스』의 허물어진 시공간과 의식의 관계가 지금과 여기를 살아가는 소시민의 내면풍경에까지 확대됨으로써 『도시』는 현대성과 아울러 확장된 사유를 동시에 확보한다.

반면에 『도시』는 치밀하게 계산되었지만, 적잖게 허망한 결말을 제시함으로써 기존에 축적해온 긴장과 갈등의 임계점을 순식간에 날려버리는 아쉬움을 노정(露呈)한다.

"케이는 자신의 손을 의아하게 바라보았다. 그 찰나의 순간, 케이의 손에 누군가의 손이 합체되었다. 케이는 그 손의 주인공을 바라보았다. 케이1, 바로 레인저의 손이었다. 레인저는 케이2를 보고 빙긋이 웃었다. 두 사람은 마침내 하나의 '나'로 합체하였다."

생의 마지막 지점에서야 비로소 분열된 의식 혹은 분신들의 합체가 이루어지고 있음을 명시하는 결말은 허무하기 그지없다. 형체가 갖춰지지 않은, 아무것도 생겨나지 않은 생짜 그대로의 시초, 즉 세상의 본원적인 시작이자 말씀이자 카오스의 본영(本營)이며 오메가의 천국이고, '도'의 시발점에 이른 것이다. 그리고 전원이 나간다.

그렇다면 전원을 다시 켠다면, 소설은 다시 시작한다. 똑같은 토요일 아침에 또 다른 소설 『도시』가 시작될 수도 있고, 화요일이나 금요일쯤 전원이 들어올 수도 있다. 그것은 매트릭스의 주재자(主宰者) 마음이다. 이쯤 되면 2014년 시공간의 여행자이자 거주자인 우리는 망연자실해진다. 우리는 어디서 왔으며, 어디를 떠돌다가 어디로 갈 것인가?!

우리에게 허여된 시간과 공간 그리고 거기서 연원하는 관계와 갈등과 사건과 의식과 행위와 결단, 그 모든 것들의 본원적인 지향은 또 무엇이란 말인가?! 생의 끄트머리에서 최인호가 표착(漂着)한 망망대해 한 점 무인도의 전갈은 그토록 암담하거나 혹은 허무한 것인가, 아니면 『장자』의 '호접지몽(胡蝶之夢)'처럼 단아하고 화사한 것인가?!

추신 : 세상이 혼란하다. 학교에서는 총장 재선정 문제로, 국가는 '세월호 특별법'을 뭉개려는 자들로 인해서, 세계는 팔레스타인 어린이와 민간인들을 도륙(屠戮)하는 극우 이스라엘 시온주의자들의 행악질로 어지럽기 그지없다. 이런 2014년 한여름의 시끌벅적함과 그악스러움과 폭력의 엇갈림 속에서 소

설을 읽고 글을 쓴다는 행위는 자못 죄스러운 행위가 아닐 수 없다.

하되, 약속을 지킨다는 뜻으로 허무하기 짝이 없는 이 글을 바친다. 그 어떤 일에도 선뜻 손 하나 내밀지 못하고 쭈뼛거리는 중년사내의 무기력과 영혼의 실종을 자백한다. 허망하고, 또 허망하며 다시 허망하다! 21세기 백주대낮의 형언 못할 허망함을 위하여!..

『천문학 콘서트』: 별이 총총한데 밤하늘은 왜 어두울까?!

"별이 빛나는 창공을 보고, 갈 수가 있고 또 가야만 하는 길의 지도를 읽을 수 있던 시대는 얼마나 행복했던가?" 루카치의 명저 『소설의 이론』은 이런 기막힌 문장으로 시작한다. 별을 길잡이 삼아 육로와 해로를 떠돌았던 고대의 나그네에게서 읽히는 낭만과 고독의 변주가 가슴 시리게 다가온다.

도시화 비율이 80%가 넘는 한국 사회에서 밤하늘의 별을 보기란 쉽지 않은 일이다. 하늘을 올려다볼 겨를마저 없을 만큼 분주한 한국인들의 일상이 첫 번째 원인일 터. 두 번째 까닭은 휘황한 도회(都會)의 불빛과 매연으로 더럽혀진 하늘일 것이며,

세 번째 이유는 예외가 있기는 하지만 우리 모두 별을 보고도 별을 보지 못하는 눈뜬장님이기 때문이다.

『천문학 콘서트』에는 '쉽고 재미있게 풀어쓴 한 권으로 읽는 교양천문학'이란 부제가 동행한다. 이미 부제에서 우리는 이 책이 쉽고 재미난 교양서적임을 확인할 수 있다. 그런데 천문학의 역사와 내용, 그것과 관련한 과학자들의 면면은 결코 만만하거나 작지 않음을 암시하는 것이 '한 권으로'라는 구절이다. 얼마나 방대하고 대단할 것인가, 천문학은?!

천동설도 맞는다고?!

1543년 죽음에 임박한 코페르니쿠스의 『천체의 회전에 관하여』가 출간된 이후 인류는 천동설과 작별한다. 기원 140년 무렵 프톨레마이오스가 『알마게스트』에서 확립한 천동설이 1,400년 만에 최초의 타격을 입은 원년이 1543년이다. '코페르니쿠스적 전환'이란 표현은 기존의 사고나 인식체계의 근본적인 변화를 일컫는 말로 임마누엘 칸트가 발명자다.

기원전 3세기에 사모스 섬 출신의 고대 그리스 사람 아리스타르코스가 이미 지동설을 주장한 것으로 알려져 있다. 태양처럼 거대한 천체가 지구를 돈다는 것에 이의를 제기한 것이다. 반면에 코페르니쿠스는 한층 과학적인 근거를 제시한다.

> "코페르니쿠스가 지동설에 도달한 것은 태양의 거대한 크기 때문이 아니라, 태양을 중심으로 모든 행성들이 돈다고 생각하면 행성 움직임을 예측하는 수학이 더욱 아름답고 간결해지며, 행성의 역행운동(逆行運動) 역시 쉽게 설명할 수 있기 때문이었다."(33쪽)

달리는 열차 안에서 창밖의 풍경을 보면 풍경이 움직이는 것처럼 보인다. 하지만 열차 밖에서 달리는 열차를 보면 움직이는 것은 풍경이 아니라 열차다. 어디서 보느냐에 따라 차이가 발생하는 것이다. 지구를 중심으로 놓고 보느냐, 아니면 태양을 중심으로 놓고 보느냐에 차이가 있을 뿐이다. 하되, 지동설이 더 과학적인 것은 사실이다.

아리스토텔레스의 자연관을 걷어낸 뉴턴

지은이는 중세의 자연관을 지배한 인물로 아리스토텔레스와 프톨레마이오스를 든다.

> "아리스토텔레스는 세계를 천상세계와 지상세계 둘로 나누
> 었다. 두 세계의 경계에 있는 것은 달이었다. 천상세계는 신성
> 하고 완전하며 원운동하고, 따라서 천상의 별들은 모두 원운
> 동 한다고 결론지었다. 반면에 달 아래 지상세계는 변화하고
> 소멸하는 불완전한 세계로 직선운동 한다고 생각했다. 프톨레
> 마이오스 천동설은 여기 기초한 것이다." (42-43쪽)

아리스토텔레스에 따르면 천상세계는 비물질적이고 관념적
이며 완전한 세계이고, 지상세계는 물질적이며 인간적이고 불
완전한 세계다. 그런데 인류의 가장 위대한 지적 유산으로 평
가받는 『프린키피아』(1687)에서 아이작 뉴턴은 운동의 3법칙에
서 추출한 중력의 법칙으로 아리스토텔레스의 이분법적인 자
연관을 일거에 붕괴시킨다.

관성의 법칙, 가속도의 법칙, 작용과 반작용의 법칙으로 명
명된 '운동의 3법칙'은 케플러가 발견한 '행성운동의 3대 법칙'
과 함께 우주만물의 운동을 설명하는 복음(福音)이 되었다. "자
연은 일정한 법칙에 따라 운동하는 복잡하고 거대한 기계"라고
생각한 뉴턴의 역학적 자연관은 18세기 유럽을 지배한 계몽사
상의 발전에 지대한 영향을 미친다.

예수와 마호메트 다음으로 인류를 변화시킨 인물로 추앙받는 뉴턴이지만, 일상생활에서는 젬병이었던 모양이다. 개와 고양이를 함께 길렀던 뉴턴은 담벼락에 고양이가 다닐 수 있는 구멍을 뚫어주었는데, 개가 너무 커서 그리로 다니지 못하자 개를 위해 그 옆에 큰 구멍을 뚫어주었다고 한다. 독자라면 어떻게 문제를 풀었을까, 궁금하다!

어두운 밤하늘과 시간여행

보름달이 아무리 밝아도 밤은 낮보다 언제나 어둡다. 밤하늘이 어째서 어두운지 생각해 보셨는지?! 이것은 몇 세기 동안이나 천문학자들을 괴롭힌 문제라고 한다. 산문시 『유레카』(1848)에서 애드가 알란 포는 다음과 같이 쓴다.

"광활한 우주공간에 별이 존재할 수 없는 공간이 따로 있을 수 없는데도, 대부분의 우주공간이 비어 있는 것처럼 보이는 까닭은 천체에서 방출된 빛이 우리에게 아직 도달하지 않았기 때문이다."(135쪽)

과학적이고 설득력 있는 추론이다. 시인이자 소설가였던 포는 아마추어 천문가이기도 했다. 이 문제에 대한 정답은 포의 추론에 절반을 기대고, 나머지 절반은 팽창우주론에 기대면 된다고 지은이는 설명한다. 우주소멸 이전에 밤하늘이 밝아질 일은 없을 것이라 하니, 밤의 낭만과 달콤한 잠을 즐기는 우리에게는 여간 다행한 소식이 아닐 수 없다.

낮을 환하게 밝히는 태양빛보다 빨리 날 수 있다면 시간여행이 가능할 것이라고 우리는 생각한다. 이른바 '시간기계(타임머신)'에 대한 추론은 거기서 발원한다. 가능한 얘긴가?

> "물체의 속도가 빨라지면 질량이 증가한다. 물체에 가해진 에너지의 일부는 속도를 높이는데 쓰이지만, 일부는 질량을 증가시키는데 쓰인다. 아무리 에너지를 높여 속도를 증가시켜도 광속(光速)에 이를 수 없다. 광속에 가까울수록 질량이 무한대로 늘어나기 때문이다."(172쪽)

인간과 우주

밤하늘을 올려다보면서 더러 생각하는 것 가운데 하나는 '우주는 얼마나 클까' 아닐까?! 혹은 '우주는 얼마나 멀까' 내지 '얼마나 많은 별이 우주에 박혀 있는 것일까' 등등이리라. 그것은 태초의 인간부터 현세에 이르기까지 공통된 문제제기로 보인다. 지극히 유한한 인생의 덧없음을 느낄 때 우러르는 하늘의 가없음과 허다한 별의 노래라니!

고대인의 우주는 지구 중심이었고, 코페르니쿠스에 이르러 태양 중심의 우주론이 형성된다. 뉴턴은 중심 없는 무한우주를 생각했고, 칸트는 섬 우주론을 그리고, 허블은 팽창우주론을 주장한다. 지난 20세기에는 허블의 팽창우주론과 영국의 호일과 본디 등이 주장한 정상우주론이 대립했다고 전한다.

> "우주는 넓게 보면 어느 쪽이나 등방(等方)하고 균일한 것처럼 시간적으로도 언제나 변함없이 같다는 주장이 정상우주론이다. 우주는 시작도 끝도 없으며, 따라서 진화도 하지 않은 채 이대로 영원하다는 것이다." (204-205쪽)

은하들이 지구로부터 엄청난 속도로 멀어지고 있다는 사실이 1912년 밝혀진다. 여기에 기초하여 허블은 멀리 있는 은하일수록 더 빠른 속도로 멀어지고 있음을 확인한다. 우리가 알고 있던 정적(靜的)이고 평온한 우주가 아니라, 동적(動的)이고 팽창하는 우주가 드러난 것이다. 이것이 20세기 천문학사에서 가장 중요한 발견으로 간주되는 팽창우주론의 근간이다.

결론을 대신하여

『천문학 콘서트』에는 흥미로운 내용이 가득하다. 궁극의 입자 쿼크, 별에서 온 인간, 별자리와 점성술 그리고 문명, 왜 태양과 달은 크기가 엇비슷하게 같아 보이는 것일까?!

아쉬운 점도 있다. 수치의 오류가 도처에 있다. 과연 무엇이 옳은가?!

"우주에는 1천억 개의 은하가 있고, 은하 하나에는 1천억 개의 별이 있는데, 이것을 계산하면 별은 모두 100해 (10의 22제곱) 개가 된다. (지구상의 모래알 개수 정도!)"(192쪽)

"우주에는 은하가 약 2천억 개 있고, 은하의 평균 항성 수가 2천억 개니, 항성의 총수는 10의 23제곱이 나오는데, 이것은 지구의 모든 모래알 개수를 웃도는 수치다."(224쪽)

"우주에 있는 은하의 총수는 1,400억 개나 된다."(293쪽)

"태양이 은하를 한 바퀴 도는데 2억 5천만 년이나 걸린다."

(290쪽)

"2억년에 한 번 은하계를 한 바퀴 도는 태양." (301쪽)

그럼에도 『천문학콘서트』는 오뉴월 복더위도 살짝 잊을 만큼 유쾌한 서책이다. 오랜만에 올려다본 하늘과 별에 새삼 친근함이 느껴진다. 동주의 『서시』 마지막 구절이 떠오르는 밤이다.

"오늘밤에도 별이 바람에 스치운다!"

『붓다의 치명적 농담』: 나의 마음은 어디 있는가?!

글을 시작하면서

불가(佛家)의 글은 어렵다. 짧은 문장 하나에도 함축적인 의미가 중첩되어 있어 본래의 뜻을 온전하게 새기기 쉽지 않다. 불교경전 가운데서도 『금강경』은 난해하기로 이름난 저작이다. 허다한 고승대덕이 『금강경』을 주해(註解)하고 저작을 남긴 것은 그런 소이(所以)다. 불교에 문외한인 나 같은 천학비재(淺學非才)가 『금강경』을 이해하는 일은 불가능할 터.

한형조 교수의 『붓다의 치명적 농담』을 집어 들었다. 서책과 대면하기 전에 이런저런 경로로 불교에 대한 알음알이를 구하기는 했으되, 그것의 짧고 얕은 언설(言說)로 부족할 지경이다. 서책에서 얻게 된 크고 작은 깨달음은 적잖은 기쁨과 아픔으로 다가왔다. 모르던 것을 깨달은 기쁨과 거기서 연유(緣由)하는 깨달음의 슬픔과 아픔도 작지 않은 것이었으므로

이 서책은 『금강경』을 본격적으로 주석하는 '소疏'의 형식이 아니라, 지은이의 이해에 근거한 '별기別記' 형식을 취한다. 저자의 사유와 인식 그리고 전하고자 하는 바가 서책을 빼곡하게 채우고 있다. 『금강경』에 대한 주석(註釋)을 읽고자 한다면 육조 혜능의 『금강경구결』 혹은 함허득통이나 무비스님의 『금강경 오가해』를 읽으라고 지은이는 권면한다.

우루벨라의 '산상수훈'

고타마 싯다르타는 스물아홉 나이에 야쇼다라 공주와 아들 라훌라를 버리고 출가한다. 만 6년의 수행 끝에 해탈의 경지를 얻은 그였지만, 도저한 깨달음을 이내 설하지는 않는다. 그것은 불가의 본원적인 문제, 즉 난해함이 원인이었다. 인간이 품

고 있는 대상에 대한 '상相'과 그것의 본바탕에 자리하고 있는 '법法' 사이의 거리가 너무나도 멀었던 때문이다.

그러던 어느 날 우루벨라의 해질 무렵 붓다는 불을 숭배하던 가섭 형제를 데리고 산에 오른다. 저녁노을로 불타는 하늘을 바라보면서 붓다는 묻는다.

> "비구들이여, 사람도 저와 같이 불타고 있다. 사람의 무엇
> 이 불타고 있는가." (105-106쪽)

붓다는 인간의 눈과 귀, 코와 혀, 육신과 의식이 타고 있다고 설한다. 그리하여 눈이 보는 물질과 귀가 듣는 소리, 코가 맡는 냄새와 혀가 느끼는 맛, 몸이 접촉하는 감촉과 의식이 소비하는 생각이 불탄다고 말한다. 모든 것이 불타는 까닭을 붓다는 탐욕과 분노와 어리석음에서 보았다. 그 결과 생로병사와 '수비뇌고愁悲惱苦'가 불타고 있음을 설법한다.

이처럼 처절하게 불타는 참상(慘狀)에서 해방되려면 어찌 할 것인가. 붓다는 불타는 모든 것과 원인을 싫어하는 생각을 가지라고 말한다. 일체를 꺼리는 생각을 하게 되면 '탐진치(貪瞋痴)'와 '수비뇌고'에서 벗어나 해탈을 얻게 될 것이라 확언한다. 이른바 '열반(니르바나)'의 경지에 도달하게 되리라 말하는 것이

다. 이것이 그 유명한 우루벨라의 '산상수훈'이다.

모든 것은 마음에 달렸다?!

『붓다의 치명적 농담』을 읽으면서 스스로를 여러 번 돌아보지 않을 수 없었다. 그것도 아주 참담(慘憺)한 심정으로! 그도 그럴 것이 나의 결함과 자기한계, 인격적인 오류와 무지 그리고 깨달은 분들의 도저히 범접(犯接)할 수 없는 경지가 나를 한없이 초라하게 위축시킨 탓이다. 특히 『의상전』에 전해지는 원효의 깨달음이 뼈에 사무치게 아팠다.

> "마음이 생겨나므로 수많은 법이 생겨나고, 마음이 사라지므로 수많은 세계가 사라진다. 삼계는 오직 마음이요, 만법은 오직 의식일 뿐. 마음 밖에 법이 없는데, 어찌 따로 구하겠는가. 心生故種種法生 心滅故種種法滅 三界唯心 萬法唯識 心外無法 胡用別求." (117쪽)

원효가 의상과 더불어 당나라 유학을 가던 길에 무덤 속에서 해골 물 먹고 득도(得道)했던 그 지점으로 사유를 몰고 가면위의 문장이 나온다. 원효는 운명의 그날 밤 세계와 인간정신의 정수(精髓)를 홀연히 깨달았던 것이다. '돈오(頓悟)'의 진면목을 후세에 길이 전달한 명장면!

이런 측면을 강조하고 있는 『금강경』 구절이 새삼 날카롭게 피부를 에인다.

> "세상 모든 것은 나름의 상을 가진다. 그 모든 것은 허망하다. 만약 모든 상이 진정한 상이 아님을 깨닫게 된다면 붓다의 눈으로 세상을 보는 것이다. 凡所有相 皆是虛妄 若見諸相非相 卽見如來." (135쪽)

우리 모두가 가슴 깊숙한 곳에 은닉해두고 살아가는 세상과 인간에 대한 모습이 본래의 진정한 모습이 아니라는 것이다. 만일 그런 진실을 터득하게 된다면 우리는 그 순간 붓다의 시선으로 세상과 인간, 관계와 인연을 선연(鮮然)하게 통찰할 수 있다는 얘기다. 이 얼마나 가슴 떨리는 통렬한 깨우침이자 진실이란 말인가!

모순과 대립을 어떻게 받아들일 것인가?!

서책에서 자주 지적하는 인간적인 결함을 생각하면 소름이 돋는다. 예컨대 지은이는 "인간은 자신의 관심에 따라 사태를 왜곡하고 사람을 의심하면서 그것을 객관이자 진실이라 믿으며 살아간다"(161쪽)고 일갈한다. 그것을 '무시이래(無始以來)의 근본무명(根本無明)'이라고 설파한다. 가슴 시리도록 진리의 정수를 들이붓는 구절이 아닐 수 없다!

이런 생각 위에서 저자는 『금강경』의 모순되지만 뼈저린 가르침을 전파한다.

> "유무와 시비, 거래(去來)와 증감, 호오(好惡)를 말할 때 어디든 아상(我相)이 개입한다. 아상이 침묵의 실제를 간섭하고 그것을 토막 내서 차이를 만들고, 그것은 늘 차별로 전락한다. 불교는 이런 분별(分別)이야말로 세상의 비참과 곤혹을 야기하는 주범이라 강조해왔다. 유와 무가 정반대의 극이지만, 그것은 아상의 결과라는 점에서 서로 다르지 않다." (255쪽)

『금강경』은 유와 무, 법과 상, 빛과 그림자가 결국은 하나라는 것을 설파한다. 모순되는 것처럼 보이는 양자로부터 동시에 벗어나야만 우리는 진정한 자유와 행복에 도달할 수 있다는 것이다. 그런데 상의 세계에 함몰된 범부(凡夫)들이 어떻게 이와 같은 자유자재한 세계를 출입할 수 있겠는가! 여기서 그 유명한 사구백비(四句百非)가 등장한다.

지은이는 우리가 날마다 혹은 매시간 맞닥뜨리는 시시콜콜한 시비와 유무의 허접한 경계를 벗어나라고 주문한다. 『금강경』에서 설하는 아상, 인상, 중생상, 수자상에서 자유롭지 못한 허다한 인총의 차고 넘치는 상에서 야기되는 시비분별과 유무의 부질없는 어린애 장난으로부터 벗어나라고 강력하게 촉구하는 것이다.

누가 부처인가?!

마조화상의 범상함을 간파한 남악회양이 일갈했던 가르침을 생각해보자.

"부처와 중생 사이, 깨달음과 미혹(迷惑) 사이의 거리는 아주 가깝다. 현실이 곧 궁극이고, 네가 곧 부처다(즉심즉불 卽心卽佛). 너의 가리고 따지는 마음과 취하고 버리는 태도로 인

해, 그 분별로 인한 장애로 인해 부처의 걸음이 뒤뚱거리고 있
다."(356쪽)

크고 작은 것, 올바른 것과 그른 것, 있음과 없음, 밝음과 어
둠 같은 것을 기어이 분별하려는 인간의 누추한 분별심이 법계
(法界)의 진실을 흐리고 있다는 얘기다. 여기서 발원하는 유명한
어구가 '지도무난 유혐간택 至道無難 唯嫌揀擇'이다. 지극한 깨달
음(도)에 이르기는 어렵지 않으나, 고르고 분별하는 것만은 꺼
리고 피하도록 하라!

이런 식으로 지은이는 우리를 일상의 범용함으로 인도하면
서 부처의 진정한 모습을 드러내 보이는데 인색하지 않다.

"오늘 지은 업(業)이 마음의 창고에 아무런 찌꺼기나 흔적
도 남기지 않고, 내일 다가올 일을 걱정하지도 않는 사람, 그
사람이 다름 아닌 부처."(357쪽)

글을 마치면서

『붓다의 치명적 농담』은 다소 난해하다. 하지만 적잖게 친절

하고 흥미롭다. 지은이가 소유한 동서양과 고금(古今)의 깨우침이 소략하되 간명하게 드러나 있기 때문이다. 그런 까닭에 불가의 가르침을 외면하지 않는 독자라면 누구나 친숙하게 다가갈 수 있다. 깊이 있는 한문이나 어려운 한자도 그다지 많이 나오지 않는다. 얼마나 친절한 미덕인가!

한국인이라면 내남 할 것 없이 나이 들면서 영혼과 정신의 본향(本鄕)을 그리워하기 마련. 양키문화와 제국 아메리카를 떠받든다 해도 본래적인 것은 늘 그리운 것일 터. 수구초심(首丘初心)이라는 말도 있잖은가. 살아온 날과 살아갈 날을 점검하는 전환점에 자리한 이 땅의 허다한 민초들에게 이 서책이 작은 등불이 되기를 희망하면서 글을 맺는다!

『정신의 진보를 위하여』:
풍요로운 정신적인 삶을 위하여!

글을 시작하면서

과학 기술문명이 선사한 지극한 결실에도 불구하고 지구촌 곳곳에는 여전히 암흑의 구름장이 짙게 드리워져 있다. 이라크와 아프가니스탄 전쟁은 자살폭탄 테러로 진행 중이며, '아랍의 봄'으로 촉발된 시리아 사태는 격화일로에 있다. 그리스를 필두로 한 유로존의 위기는 시한폭탄처럼 째깍거리고, 1:99의 세상은 변할 기미가 좀체 보이지 않기 때문이다.

심심찮게 들려오는 이스라엘의 야만적인 팔레스타인 침공, 제국 아메리카에서 빈발하는 총기난사, 제3세계 소년 노동자들에 대한 상상을 초월한 억압과 착취. 티베트의 문화 · 정신적 권리보존을 위한 승려들의 분신자살도 종결되지 않았다. 와중에 인접 국가들의 크고 작은 영토분쟁과 역사논쟁은 해당 국가 거주민들을 불안으로 몰고 가기 일쑤다.

이런 시대착오적이고 야만적인 행태는 언제, 어떤 방식으로 종식(終熄)될 것인가. 인간이 과거와 다름없이 다른 인간의 노동력을 착취하고, 거기서 얻은 잉여가치로 자신과 가족의 배를 불리며 만족해하는 추악한 양상의 본원적인 모순은 폐절(廢絶)될 수 없단 말인가. 인간다움 내지 인간적 가치의 함양과 그것의 보편화와 세계화는 정녕 불가능하단 말인가!

세상의 모든 것은 연결되어 있다!

『정신의 진보를 위하여』는 우리 시대의 위대한 정신 지도자 달라이 라마와 스테판 에셀의 대담을 기록한 서책이다. 티베트 불교의 수장인 제14대 달라이 라마는 새삼 소개할 필요도 없고, 스테판 에셀은 『분노하라!』(2011)로 한국 독자들에게 널리 알려진 인물이다. 2011년 12월 전 체코 대통령 바츨라프 하벨이 주도한 '포럼 2000' 행사에서 만난 두 사람이 '세계 인권선언' 이후의 보편적 가치에 관해 논의를 시작한 것이다.

짤막한 소제목에서 우리는 서책의 함의(含意)와 의도를 어렵지 않게 짐작할 수 있다. 그 가운데서도 우리의 눈길을 맨 먼저 사로잡는 대목이 '상호의존'이다. 아직 상영되고 있는 영화 『클라우드 아틀라스』에서 되풀이되는 명제가 생생하게 연상되기 때문이다.

> "우리의 삶은 우리 것이 아니다. 우리는 자궁에서 무덤까지 타인들과 묶여 있고, 우리가 저지른 악행과 우리가 베푸는 선행이 새로운 미래를 탄생시킨다."

마치 워쇼스키 남매의 영화를 예견하기라도 한 것처럼 달라이 라마는 말한다.

> "그 자체로 온전히 독립적인 것은 세상에 아무것도 없습니다. 모든 것은 원인과 조건이 낳은 결과입니다. 만물은 서로 의존하고 있습니다. 우리를 지배하는 유일한 법칙은 연기(緣起)의 법칙입니다." (20쪽)

달라이 라마의 말에 동조하면서 에셀은 '상호의존'이 21세기 모든 인간에게 연관되는 명제임을 확인하면서 새로운 형제애의 개념으로 그것을 승화시킨다. 1948년 당대에는 전혀 깨우치지 못했던 자연에게까지 상호의존과 형제애의 개념을 확장시키면서.

들끓는 세계

두 차례에 걸친 세계대전을 경험한 20세기를 야만의 시대로 규정해도 좋을 듯하다. 반면에 인류는 석유화학과 내연기관에 기초하여 역사상 유례없는 풍요로운 물질문명의 시대를 활짝 열어 젖혔다. 문명과 야만의 두 얼굴을 한 20세기를 뒤로 하고 우리는 21세기를 맞이했다. 21세기 첫 번째 해 9월 11일 세계는 경악하고 탄식했다. 역사적인 9.11사태!

달라이 라마는 그와 같은 충격적인 사태진척의 원인과 해결 방안을 모색한다.

"21세기 현대사회는 연민, 관용 같은 인간적인 심성의 계발
보다 지적이고 학문적인 탁월성만 강조되는 사회입니다. 인간

적 감수성, 연민, 비폭력 같은 것이 발전해나가는 데에는 여성의 구실이 특히 중요합니다."(본문, 29쪽)

9.11사태 이후 세계는 숨 가쁘게 돌아갔고, 그 흔적은 오늘까지 세계 곳곳에 깊은 상처를 남기고 있다. 지구촌에 단 하루라도 총소리가 들리지 않는 때가 있을까, 하는 의문이 드는 것이다. 『정신의 진보를 위하여』는 중국이 가하는 폭력과 그것에 저항하는 티베트 승려들의 분신사태를 지극한 우려의 눈으로 바라보고 있다.

"1959년 중국이 티베트를 점령한 후 살해당하거나 강제수용소에 감금되어 죽거나 굶어죽은 티베트인들은 100만 명이 넘습니다. 중국 자료에 따르면, 1959년 3월부터 1960년까지 라싸 지역에서만 87,000명이 사망했다고 언급하고 있습니다."
(32쪽)

티베트 승려를 중심으로 한 저항과 중국의 무한폭력 그리고 강대국들의 침묵 카르텔은 티베트 사대를 지속적으로 악화시키고 있다. 반면에 달라이 라마는 언젠가 중국 공산당과 독재자들이 사라지고, 선량한 중국인들이 티베트인들의 저항을 지지할 것이라 확신한다.

폭력이냐 비폭력이냐

오늘날 폭력의 양상은 단순히 무기나 완력(腕力)의 형태로만 드러나지 않는다. 물질적 불평등과 거기서 기원하는 허다한 사회적 불평등이 다채로운 폭력을 잉태하기 때문이다. 부자와 빈자의 격차가 날로 벌어지고, 거기서 발원하는 고통은 사회의 모든 구성원에게 고스란히 전파된다. 정의가 결석한 사회의 폭력적 양상은 재론의 여지가 없다.

그럼에도 에셀은 물러서지 말고 세상의 변혁에 나서라고 촉구한다.

"상황이 좋지 않지만, 믿음과 신뢰를 가지고 용기를 보이면 세상이 차츰 혹은 문득 달라질 것입니다. 그러나 혼자 행동하지 말고 남들과 함께 행동하십시오."(35쪽)

세상이 이토록 혼란스럽고 아귀다툼으로 화하게 된 근본원인을 달라이 라마는 '우리'와 '그들'이라는 이분법에서 찾는다. 나와 너, 우리와 너희, 결국에는 우리와 그들을 갈라놓는 거대한 심연의 이분법이 보편적인 형제애 정신을 파괴한다는 것이다. 그 결과 우리는 두려움과 미움의 감정에 휘말려 심신 미약

상태에 빠져든다고 그는 말한다. 여기서 달라이 라마는 '마음의 과학'이라는 처방을 설파한다.

> "마음의 풍경이 명료하게 밝혀지고 통제되면 우리는 연민, 용서 같은 긍정적인 감정까지 키워갈 수 있고, 그래서 분노, 멸시, 두려움, 증오 같은 파괴적인 감정을 줄일 수 있습니다. 기질을 바꿀 수 있는 것이지요. 이것은 종교가 아니라, 마음의 과학입니다." (41쪽)

폭력적인 상황에 직면하더라도 폭력으로 대응하지 말고, 단호하고 용감하게 불굴의 의지를 보이라고 그들은 말한다. 폭력에 대한 폭력적인 대응은 또 다른 폭력을 야기(惹起)할 것이기 때문이다. 비폭력 원칙을 지키려면 아주 강인한 사람이 되어야 한다고 알려준다.

유엔을 개혁하고 사무총장은 반성하라!

잘 사는 부자들과 가난한 자들의 격차를 극복하려면 무엇인가 구체적인 행동으로 나서야 한다고 에셀은 말한다. 나아가 그런 문제는 개인 뿐 아니라, 국가 간에도 발생하기 때문에 부강한 나라의 정부는 가난한 나라의 정부와 협력할 자세를 갖춰야 한다고 역설한다. 이런 관점에서 그는 유엔 '안전보장이사회'의 개혁을 촉구한다.

> "인구와 경제·문화적인 면에서 가장 책임 있는 20-25개국이 안전보장이사회 회원국이 되어야 합니다. 거부권은 사라져야 합니다. 이사국의 다수결(多數決)로 의결해야 합니다."
>
> (70쪽)

에셀이 주장하는 근저에는 시리아 내전에서 죽어나가는 사람들의 인권에 눈을 감고 있는 러시아와 중국의 거부권 행사, 이스라엘 침공을 응징하려는 안보리에 거부권을 행사하는 미국처럼 강대국의 패악이 극에 달해 있기 때문이다. 아울러 그는 반기문 유엔 사무총장에 대한 엄중한 경고도 잊지 않는다.

> "유엔헌장 제99조에 따르면, 유엔 사무총장에게는 유엔이 전향적으로 발전하도록 할 책무가 부여되어 있습니다. 그것이 그의 사명입니다." (본문, 72쪽)

미국의 전폭적인 지원에 따라 재선에 성공한 반 총장의 무기력한 사무총장 직 유지를 날카롭게 비판하고 나선 것이다. 세계 최고·최대의 국제기구를 이끌어가는 인물이라면 자신에게 고유한 자유의지와 역사의식, 확고한 미래전망을 가져야 하지 않겠는가. 그저 자리보전이나 할 요량이면 왜 거기 머물러 있단 말인가?! 돈 혹은 명예 때문에?!

21세기가 야만과 폭력에서 해방되는 아름다운 시간대가 되려면 우리는 자유와 평등, 존엄과 형제애를 한시도 망각해서는 안 될 것이다. 그리하여 인간다운 깨달음과 내면적인 가치지향을 통해 의미 있는 삶을 향해 치달려가야 할 것으로 믿는다. 달라이 라마와 스테판 에셀 두 사람의 성찰과 가르침이 커다란 빛이 되기를 바라면서 글을 맺는다.

『수피우화』: 여행가면서 책은 왜 가져가니?!

출판계 불가사의 가운데 하나. 여름 휴가철이 불황기가 아니라 호황기라는 것! 까닭이 뭘까. 여행객들이 가방에 책을 챙겨가기 때문이라는 게 정설이다. 대체 왜들 그러는 건지, 궁금하다. 놀고 쉬고 즐기러 떠나는 여행길에 책이 웬 말인가. 지식과 지혜를 열망하는 한국인들의 근면한 삶의 양상이라 생각해두자. 나는 『수피우화』 한 권만 추천한다.

"사람은 책을 만들고, 책은 사람을 만든다"는 말이 있다. 양자의 호환성이 이토록 잘 작동하는 경우는 많지 않다. 그러나 유쾌하고 흥겨운 여행지에서 두툼하고 난해하며 지루한 서책을 독서하는 것은 큰 고역이다. 더욱이 모기와 소음과 더위의 삼중고와 싸워야하는 경우에는 더욱 그렇다. 따라서 여행지의 책은 단출하고 간명하며 재미있어야 한다.

『수피우화』의 부제는 '깨달음을 나르는 수레'다. 유대교의 랍비나 불교의 고승처럼 이슬람의 수피는 도저한 깨달음에 이른 사람들을 일컫는 말이다. '수피Sufi'는 양털을 뜻하는 '수프Suf'에서 나왔다고 전한다. 수피들이 양털로 짠 외투를 입고 청빈한 생활을 했던 것에서 그 어원(語源)이 만들어진 모양이다. 어쨌든 『수피우화』는 그들의 지혜를 압축한 서책이다.

『수피우화』는 어떻게 짜여 있는가

"양털 가죽을 걸치고 사막을 걸었던 가난한 사람, 그가 수피입니다. 수피가 되기 위해 그는 정착지에서 떠나 끊임없이 여행하고, 속세(俗世)에서 벗어나 영혼의 해방을 노래했습니다. 그는 예언자이며, 지도자이고, 시인입니다. 하지만 수피는 가르치지 않습니다. 수피는 오직 사랑의 몸짓으로 말합니다. 수피의 사랑은 일곱 가지 신비체험을 바탕으로 실천됩니다."

『수피우화』서문에 나오는 내용이다. 그렇다면 수피의 일곱 가지 신비체험의 실체는 무엇인가. '감사하라. 믿으라. 여행하라. 돌아보라. 참으라. 즐겨라. 해방하라.' 서책은 이런 명제에 따라 일곱 개의 장(章)으로 구성되어 있다. 『수피우화』가 읽기 편한 까닭은 각각의 장에 나오는 이야기가 매우 짧고 알기 쉬운 일화들로 이루어져 있기 때문이다.

서책의 짜임새를 살펴보자. 제1장 '그대 자신에게 감사하라', 제2장 '오늘의 그대를 믿어라', 제3장 '끊임없이 여행하라', 제4장 '그대 자신을 돌아보라', 제5장 '한 번만 더 참아라', 제6장 '인생을 즐겨라', 제7장 '영혼을 해방하라.' 이런 구성을 보면 『수피우화』는 우리가 일상생활에서 자주 맞닥뜨리는 현실적인 소재를 다루고 있음이 확연해진다.

고타마 시타르타의 깨달음을 묶은 불교 초기경전 『수타 니파타』가 그러하듯 『수피우화』도 대개 문답형식을 취한다. 형식은 비슷하되 길이는 후자가 현저하게 짧다. 그렇다고 해서 이해할 수 없는 심오한 철학적 내용을 담고 있는 것도 아니다. 제목이 알려주듯 서책은 우화(寓話)의 틀을 가지고 간명하고 직선적으로 사태의 본질을 파고든다. 몇몇 본보기를 보자.

왜 바깥에서 진리를 찾는가

"그대가 정녕 똑똑하다면 생각해보라. 무엇 때문에 바깥에
서 진리를 찾는단 말인가. 거기서 진리를 잃어버리기라도 했
단 말인가?"(211쪽)

성스러운 여성이자 수피로 이름 높았던 라비아의 말이다. 바
늘을 잃어버린 라비아가 오두막 바깥에서 바늘을 찾는다. 사람
들이 모여들어 라비아를 도와 바늘을 찾기 시작한다. 시간이
흘러 어두워졌는데도 바늘을 찾지 못한 사람들은 그녀가 바늘
을 어디서 잃어버렸는지 묻는다. 라비아는 집안에서 잃어버렸
다고 대답한다. 깜짝 놀라며 황당해하는 사람들.

그녀는 집안보다 바깥이 더 밝기 때문에 밖에서 바늘을 찾
고 있다고 응수한다. 그녀의 천연덕스러운 대답을 듣고 그녀를
비아냥거리는 사람에게 라비아는 말한다.

"그대 자신을 돌아보라. 그대 또한 밖에서만 찾고 있지 않
았던가. 그대가 찾고 있는 그것은 사실 안에서 잃어버린 것이
아니더냐. 그대는 진리와 구원을 찾고 있었다. 그것은 안에서
잃어버린 게 아니더냐. 그런데 그대는 그걸 바깥에서만 찾지
않았더냐. 바깥이 밝으니까, 밖은 쉽게 볼 수 있으니까 바깥에

서 찾고 있었던 게 아니냐."(210-211쪽)

이런 식이다. 우리가 구하고 있는 궁극(窮極)의 진리와 구원 내지 가치는 바깥에 있지 아니하고, 우리 내부에 있음을 설파하는 것이다. 아주 명쾌한 비유를 들면서.

항상 그러하지 아니 하니라

전쟁의 승패와 죽음에 대한 공포에 사로잡힌 왕에게 수피가 반지에 글귀를 새겨 바친다. 거기 새겨진 글귀가 '항상 그러하지 아니 하니라.'(132쪽)

전투 전날 밤 왕은 걱정으로 잠을 잘 수 없다. 그러다 반지의 글귀를 떠올리고는 깊고 편한 잠을 이룬다. 다음날 그는 대승을 거둔다. 자신감과 뿌듯함으로 오만해졌던 왕은 반지를 보다가 등골이 오싹해진다. '항상 그러하지 아니 하니라.' 마음을 가다듬은 왕은 경계를 게을리 하지 않았고, 야습(夜襲)을 시도한 적을 궤멸시켜 최종적인 승리에 이를 수 있었다.

'항상 그러하지 아니 하니라.' 낯익은 말이다. 다윗과 솔로몬 이야기에도 나온다. 승리와 패배를 모두 극복하려 했던 다윗에게 솔로몬이 반지세공사에게 알려준 구절이 "그것 또한 지나가리라." 아니었는가. 열반(涅槃)에 들면서 부처는 "세상의 모든 것은 변한다."는 말을 남긴다. 그것이 솔로몬의 말이든 부처의 말씀이든 수피의 가르침이든 본질은 동일하다.

우리를 둘러싸고 있는 사회적 환경은 나날이 변한다. 어제의 적이 오늘의 동지가 될 수 있고, 오늘의 승리가 내일의 패배로 직결될 수 있다. 하지만 우리는 '지금과 여기'에 함몰되어 아주 가까운 미래도 깊이 생각하지 않는다. 지나친 슬픔과 과도한 욕망에 사로잡혀 출구를 찾지 못하고 허우적거린다. 변화무쌍한 삶의 본질을 일깨우는 명편(名篇)이다.

쓸모없으면 오래 살 수 있다?!

수피가 제자들을 데리고 목수가 한창 벌목하고 있던 숲속을 지나간다. 수피 일행은 아름드리로 자라난 크고 아름다운 나무 아래서 쉬어가기로 한다. 그 나무는 숲에서 가장 크고 멋진 나무였다. 수피는 그 나무를 여태 베어내지 않은 까닭을 목수에게 묻는다.

> "그 나무는 쓸모가 없기 때문이지요. 그것으로는 가구도 만들 수 없고, 땔감으로도 쓸 수 없습니다. 아무짝에도 쓸모가 없기 때문에 나무를 자르지 않은 것입니다." (263쪽)

대답을 듣고 난 수피가 제자들에게 기막힌 가르침을 준다.

> "자네들도 이 나무에게서 배우게. 이것처럼 쓸모가 없게 되면 누구도 그대들을 자르지 못할 것이야." (같은 곳)

이 대목 역시 익숙하지 않은가. 『장자』 '내편' [인간세(人間世)]에 나오는 '무용지용(無用之用)'의 장면을 빼닮았다. 아무짝에도 쓸모가 없어 천수(天壽)를 누리는 사당나무를 보고 대목인 장석이 제자에게 일갈했던 쓸모없음의 쓸모! 우리는 쓸모 있는 사람이 되라는 말을 듣고 성장한다. 하지만 쓸모없는 편이 나을 때도 적잖다. 세상은 둥글지만 또 모나기도 하니까.

여행할 때에는 여행만 하시라!

청년시절 나의 여행 가방에도 몇 권의 책이 동반했다. 언제나 그랬다. 하지만 가져간 책을 끝까지 읽은 기억은 없다. 단연코 없다! 왜냐고?! 노는 게 훨씬 신나고 재미났으니까. 딱딱하고 어렵고 지겨운 책에서 해방되는 유일한 시기가 여행 다닐때 아닌가. 그런데 왜 그렇게 무거운 책을 끼고 돌아다녔는지, 도무지 알 수가 없다. 미친 짓 아닌가!

요즘에 나는 여행을 갈라치면 그냥 간다. 아무런 읽을거리도 가져가지 않는다. 필기도구도 필요 없다. 스마트폰에 무궁무진한 읽을거리와 필기도구가 내장되어 있으므로. 그 정도면 충분하다. 머리와 가슴을 비우고 재충전하는 요긴한 시간대가 여행하는 시기다. 그런 때만이라도 서책과 번다한 상념(想念)으로부터 벗어나는 편이 외려 낫지 않을까.

그럼에도 아쉽고 섭섭한 분이 있다면 『수피우화』를 가져가시라. 길어야 두세 쪽에 담긴 재미있고 유쾌한 사건과 교훈과 경구(警句)가 넘쳐나는 책이기에. 모르는 사람들과 이야기를 나누게 될 때에도 『수피우화』는 요긴할 것이다. 흥미롭고 간명한 이야기로 넘쳐나는 『수피우화』가 올여름 여러분의 피서지를 더욱 의미 있고 풍요롭게 할 것을 확신한다.

『질문?!』: 비가 오는데 개미는 왜 우산을 안 쓸까?!

2011년 여름은 참 이상하다. 장마 때도 비가 많이 왔고, 장마가 지난 다음에도 날마다 비가 온다. 이렇게 오래도록 그리고 많은 비가 내리는 경우는 흔치 않다. 2011년 7월 한 달 동안 서울에는 1,100밀리미터가 넘는 비가 왔다. 지난 30년 동안 서울 연평균 강우량이 1,450밀리미터인 것을 감안하면 엄청난 강우량(降雨量)이 아닐 수 없다.

그런데 비가 올 때 길을 걷다보면 지렁이와 개미들이 자주 눈에 띈다. 몸이 통통 불어 저세상으로 가버린 지렁이를 가엾이 여기는 시선도 있지만, 징그러워 집밖으로 안 나오는 여성도 있다. 그런데 나의 궁금증은 다른 데 있다. 이렇게 비가 많이 오는데 왜 개미들은 우산을 받지 않는 것일까. 어째서 오는 비를 고스란히 맞고 돌아다니는 것일까.

과학 분야 프리랜서로 독일에서 활동하는 랑가 요게슈바어의 『질문?!』은 이런 의문에 빠진 사람들에게 적절한 해답을 제시한다. 책의 부제가 그것을 명시적으로 보여준다. '일상의 궁금증에 관한 과학적 풀이.' 『질문?!』은 우리가 살아가면서 부딪치게 되는 사소한 의문에서 시작하여 그 끝을 알 수 없는 우주의 신비에 이르는 문제까지 다룬다.

인간의 신체는 어떻게 작용하는 것일까

사람이 살면서 절대로 자기 마음대로 하지 못하는 게 있다. 운명 말고 무엇일까. 웬만한 것은 다 참거나 이겨낼 수 있지만 도무지 안 되는 게 하나 있다. 설사나 구토(嘔吐)는 죽기 살기로 버티면 견딜 수 있다. 재채기도 적절한 시점에 코를 움켜쥐면 그냥 넘어갈 수 있다. 딸꾹질은 물을 마시거나 숨을 멈추면 어느 샌가 멈춰있음을 알게 된다. 정답은 소름이다.

"소름은 의식적으로 조절할 수 없다. 소름을 유발하는 주원인은 흥분과 공포 그리고 추위다. 소름은 피부의 상층이 살짝 부풀면서 무수한 돌기가 형성된다는 것을 뜻한다. 조상들의 무성한 털은 진화과정에서 퇴화했지만, 추위를 막기 위해 털을 곤두세우는 반사작용은 그대로 남아 털이 성긴 우리 피부에서 소름이 돋음으로써 나타난다."(51-52쪽)

제22회 '청룡영화상'에서 이제는 고인이 된 장진영에게 여우주연상의 영예를 안겨준 『소름』(2001)을 기억하시는지. 미금아파트 504호에서 벌어지는 연쇄적인 죽음의 미스터리를 둘러싸고 전개되는 숨 막히는 스릴러. 제목처럼 관객들은 누구나 머리털이 쭈뼛거리고 온몸에서 소름이 돋는 경험을 기억할 것이다. 소름은 누구도 막을 수 없다.

세계 여성들의 80퍼센트는 자신들의 발이 차다고 불평한다고 알려져 있다. 반면에 발이 차다고 투덜거리는 남성은 상대적으로 수효가 훨씬 적다. 왜 그럴까.

"체온유지 관리 면에서 남자가 유리하기 때문이다. 남성은 체중의 40%가 근육이다. 근육이 활동할 때 쓰이는 에너지 가운데 일에 투입되는 비율은 3분의 1이고, 나머지 3분의 2는 열로 발산된다. 근육이 난방장치인데 여자는 23%만 근육이다.

남녀가 몸집이 같다면 피부표면적은 젖가슴을 가진 여자가 더 크고, 따라서 열손실도 여자가 더 크다." (57-58쪽)

우주와 자연에 대하여

인간이 맨눈으로 볼 수 있는 가장 먼 물체까지의 거리는 얼마나 될까. 500미터 혹은 1000미터. 아니면 10킬로미터나 20킬로미터 쯤 될까.

"우리 은하 근처에는 모양이 비슷한 이웃 은하가 있다. 그것은 밤하늘의 안드로메다자리에서 관찰되며 맨눈으로도 볼 수 있다. 맨눈으로 보면 흐릿한 별 하나처럼 보이지만 말이다. 안드로메다은하는 우리에게서 270만 광년 떨어져있다. 따라서 우리가 지금 보는 안드로메다은하의 빛은 270만 년 전에 출발한 빛이다." (79쪽)

이 대목에서 소름이 돋았다. 빛의 속도로 270만년을 달려야 도달할 수 있는 거리의 은하를 맨눈으로 볼 수 있다니. 정말 소름 돋는 이야기다. 그런데 안드로메다은하는 초속 266킬로미터의 속도로 우리 은하를 향해 달려오고 있다고 한다. 그리하여 약 30억 년 뒤에 안드로메다은하와 우리 은하가 충돌할 것으로 예측된다. 종말이다. 너무 먼 얘기지만.

1894년 청일전쟁이 일어났을 때 일부 중국인들은 자기네가 동시에 바다에 오줌을 싸면 가라앉을 나라가 일본이라고 생각했다는 우스개가 있다. 혹시 이런 생각은 어떤가. 중국인 13억 명이 동시에 뛰어올랐다 땅에 떨어지면 어떤 일이 일어날까. 어떤 규모의 지진이 일어날까. 해답은 실망스럽다. 약한 진동을 느끼는 진도 3의 지진이 일어난다고 한다.

"진원에서 100킬로미터 떨어진 곳에서 진폭 1밀리미터의 진동이 감지되면 지진강도는 정확히 리히터 규모 3이다. 리히터 규모는 지진으로 방출된 에너지양을 알려준다. 리히터 규모는 선형이 아니라 지수 함수적으로 증가한다. 규모 4인 지진은 규모 3인 지진보다 10배 강하고, 규모 5인 지진은 규모 3인 지진보다 100배 강하다."(95쪽)

2011년 3월 11일 일본을 휩쓴 대지진은 리히터 규모 8.8이었다. 대지진으로 인한 쓰나미가 하루 만에 1만 3000여 킬로미터 떨어진 남극대륙의 빙하를 파괴하는 장면이 8월 11일 사진으로 보도되었다. 이번에 부서져 나온 빙산 덩어리 가운데 가장 큰 것은 가로 9.5킬로미터, 세로 6.5킬로미터로 여의도 면적의 약 7배에 달했다. 실로 엄청난 파괴력이다.

동물의 비밀과 숫자 이야기

채소와 과일 뿐 아니라, 달걀 값이 많이 올라서 주부들의 장바구니 물가가 심상찮다는 소식이 들린다. 달걀에는 두 가지 색깔이 있다. 하얀색과 갈색이다. 그런데 어떤 닭이 하얀색 달걀을 낳고, 어떤 닭이 갈색 달걀을 낳을까. 하얀 닭은 하얀색 달걀을 낳고, 갈색 닭은 갈색 달걀을 낳을까. 아니면 닭들 마음대로 시시때때로 달걀 색깔을 바꾸는 것일까.

"하얀 닭은 하얀 달걀을 낳고, 갈색 닭은 갈색 달걀을 낳는다는 말은 틀렸다. 갈색 달걀을 낳는 하얀 닭, 하얀 달걀을 낳는 갈색 닭, 갈색 달걀을 낳는 갈색 닭, 하얀 달걀을 낳는 하얀 닭이 있다. 닭 한 마리는 하얀 달걀만 낳거나 갈색 달걀만 낳지 하얀 달걀과 갈색 달걀을 낳는 일은 없다. 달걀 껍데기 색깔은 닭의 깃털 색깔과 전혀 무관하다." (145쪽)

이런 이야기와 함께 숫자에 관한 논의도 자못 흥미롭다. 숫

자 0은 인도에서 발명되어 13세기 초에 아랍인과 이탈리아인
이 교역한 덕분에 유럽에 들어왔다고 한다. 그런데 유럽에서 0
은 존재해서는 안 되었다. 유럽에서 무(無)는 신(神)이 없는 공간,
금지된 공간이자 금기(禁忌)였기 때문이다. 공백공포는 수백 년
동안 서양 철학자와 과학자들의 생각을 지배했다.

> "0이 거친 여정(旅程)은 언어에서도 드러난다. 0을 뜻하는
> 인도어 수냐(sunya)는 아랍어 시프르(sifr)가 되었다. 시프르
> 는 이탈리아에서 제피로(zefiro)로 변형되었다. 제피로는 베네
> 치아 사투리에서 제로(zero)가 되었다. 영어 제로는 그 사투리
> 에서 유래했다." (295쪽)

지은이는 108번째 항목인 '이 책에 실린 글은 왜 108꼭지일
까?'에서 숫자 108에 담긴 함의를 12와 9, 그리고 108과 연관
시켜 설명한다.

> "12와 9는 특별한 힘을 가진 수다. 12는 완전수이고, 9는
> 특히 아시아에서 독특한 마법을 발휘하는 수다. 임의의 수에
> 9를 곱한 결과의 각 자릿수를 모두 더한 값은 언제나 9의 배
> 수다. 지구와 태양 사이의 거리는 대략 태양 지름의 108배이
> 며, 지구와 달 사이의 거리는 대략 달 지름의 108배다. 이렇게

지름과 거리의 비율이 같기 때문에 지구에서 본 태양과 달은 크기가 대략 같다." (317-320쪽)

글을 마치면서

『질문?!』에 담겨있는 108가지 짤막한 이야기는 이런 식으로 우리를 인도한다. 어렵거나 복잡한 수식을 동원하지 않으며, 장황하게 너스레를 떨지도 않는다. 간명하고 명쾌하게 논지를 풀어나간다. 손수건은 모두 왜 정사각형일까, 눈이 내리면 왜 사방이 고요해지는 것일까, 철새들은 왜 브이 자 대형(隊形)으로 날아갈까, 모기는 누구를 좋아할까 등등.

하지만 서책에는 개미가 비를 맞으면서도 어째서 우산을 쓰지 않는가, 하는 문제는 없었다. 며칠을 곰곰 생각하다가 동료에게 물었더니 맞춤한 대답이 돌아왔다.

"개미에게는 특수 장비가 장착돼있다. 온몸을 고어텍스가 감싸고 있기 때문에 따로 우산을 받을 필요가 없기 때문이다. 그리고 햇볕이 쨍쨍할 날에는 풀이파리를 물고가면서 자외선을 효과적으로 차단하기 때문에 양산도 필요 없다. 으으~"

113

인간이 오늘날 진화의 사다리 정점에 올라 세상을 호령하는 배경에는 지적 호기심이 자리한다. 끝없는 궁금증을 가지고 '왜'와 '어떻게'라는 문제를 제기하고 해답을 찾았기 때문이다. 여러분은 혹시 산소통을 짊어지거나 혹은 무산소로 에베레스트 정상에 올라간 코끼리나 개미를 본 적이 있는가. 아니면 달나라에 가보려 했던 원숭이나 치타를 보셨는가.

『중국이 세계를 지배하면』:
21세기 세계의 지형도가 변한다!

글을 시작하면서

지난 2008년 8월 8일 북경올림픽 개막식에서 세상 사람들은 입을 다물지 못했다. 『패왕별희』의 감독 천개가와 함께 중국 5세대 영화감독을 대표하는 장예모가 연출한 미증유의 기막힌 개막행사에 넋을 놓았기 때문이다. 때로는 섬세하고, 때로는 장중하며, 때로는 웅혼(雄渾)하고, 때로는 바람처럼 가벼운 개막식은 보는 이들의 찬탄을 자아내기 충분했다.

그의 연출에는 새로워지는 21세기의 세계를 중국과 중국 인민들이 온전하게 포용하리라는 가대한 주제가 담겨 있었다. 자신감 넘치는 중국인들의 자세와 태도가 온전히 녹아든 개막식 행사에 205개국 10,500명 참가선수 뿐 아니라, 65억 세계인이 환호했다. 바야흐로 150년 넘도록 숨죽여 살아온 중국과 중국인들의 세기가 여명(黎明)처럼 밝아오는 장면이었다.

영국의 좌파 연구자이자 언론인 마틴 자크의 신간『중국이 세계를 지배하면』은 오늘날 중국에 함의된 다채로운 의미망을 종횡(縱橫)으로 풀어나간다. 600쪽에 달하는 서책의 방대함도 그렇거니와 거기 실린 동양과 서양, 과거와 현재, 21세기 전망까지 흥미롭기 짝이 없다. 한 권의 서책에서 이처럼 많은 정보와 판단자료를 얻는 일은 실로 유쾌한 노릇이다.

중국의 두 얼굴: 영광과 굴욕의 역사

기원전 221년 진시황이 통일을 이룩한 다음 중국은 1074년 동안 통일유지, 673년 동안 부분적 통일유지, 470년의 분열을 경험했다고 한다. 이것을 '분구필합 합구필분(分久必合 合久必分)'이라 한다. 쪼개진지 오래면 합쳐지고, 합쳐진지 오래면 쪼개진다는 뜻이다. 중국을 지배했던 거란족의 요나라, 여진족의 금나라, 몽고족의 원나라, 만주족의 청나라라는 하나같이 중국문명에 동화(同化)되었고, 오늘날 그 종족마저 자취를 감춘 경우도 적지 않다.

중국에서는 이들 왕조를 포함해 모두 36개 왕조가 지난 3천년 동안 명멸(明滅)해갔다. 그 가운데서 우리는 중국의 르네상스라 불리는 북송(960-1126) 시대의 번영을 기억한다.

"이 시기의 특징으로 과거제도의 도입, 신유학의 등장, 화약발명, 목판인쇄술 발달, 수학, 자연과학, 천문지리학의 발전 등을 꼽을 수 있다. 송대에 발명된 방적기는 수세기 이후 영국의 산업혁명과 비슷한 수준으로 평가할 만큼 산업발달을 촉진하였다. 이슬람 세계만이 중국의 경쟁상대가 되었을 뿐 유럽은 중국에 한참 뒤져 있었다." (109쪽)

하지만 명나라와 청나라를 경과하면서 경제발전이 상당히 느려졌고, 유럽은 산업혁명과 식민지 개척으로 중국을 앞서기 시작한다. 그리하여 제1차 아편전쟁(1839-1842)의 결과 중국은 영국에 홍콩을 할양하고, 5개 항구를 개방하는 등 '굴욕의 세기'를 경험하기에 이른다. 결국 중국은 유럽과 미국에 뒤지고, 19세기 말에는 일본에게도 밀리게 된다.

1884년 중국의 안마당 베트남이 프랑스에게 넘어가고, 1894년 조선을 둘러싼 청일전쟁에서 중국이 패하여 황실의 연간예산 세 배에 달하는 전쟁비용을 배상한다. 19세기 말엽 청나라는 영국, 프랑스, 독일, 미국, 벨기에, 러시아의 침략으로 주권을 크게 손상 받는다. 식민지 전락(轉落)을 가까스로 피한 중국은 1949년 공산혁명으로 중화인민공화국을 건설한다.

중국의 부상: 21세기 중국의 두 얼굴

　　서양의 시간개념에 따르면 기원전(BC: Before Christ)과 기원후(AD: Anno Domini)가 있다. 그런데 일부 경제학자들은 다른 개념으로 오늘날의 시간을 설명한다고 한다.

　　　"이제 중국은 우리 눈앞에서 세계를 변모시키고 있다. 이런 변화의 물결은 너무나도 강렬하다. 현대경제사를 중국이 등장하기 전의 경제사(BC: Before China)와 중국이 등장한 이후의 경제사(AC: After China)로 구분해야 한다고 말하는 이도 있다. 중국의 경제성장은 국제경제의 지배력을 동남아시아에서 중국으로, 일본에서 중국으로, 그리고 유럽과 미국에서 중국

으로 이동시켜 놓았다." (246-256쪽)

18세기 후반 영국의 산업혁명을 기점(起點)으로 시작된 근대가 중국을 필두로 한 동아시아에서 정점(頂點)을 맞이하고 있다는 것이 마틴 자크의 생각이다. 물론 그것의 배경에는 명치유신을 단행한 일본의 선구적인 구실과 한국과 대만, 홍콩과 싱가포르라는 '네 마리 아시아 호랑이들'의 경험이 지대하다. 오늘날 '메이드 인 차이나'는 우리가 생각하는 엉터리없는 짝퉁물품이 아니라, '세계를 대상으로 대량생산하는 소비재 상품'을 뜻한다고 지은이는 강조한다.

반면에 급속한 경제성장으로 인하여 발생하는 허다한 문제점 역시 간과(看過)할 수 없다.

"삼중(三重)으로 나타나는 부의 불평등 문제를 들 수 있다. 해안지역과 내륙지역의 빈부격차가 심하다. 가장 부유한 지역과 가징 빈곤한 지역의 1인당 총소득이 열배나 차이가 난다. 도시와 농촌의 격차, 공식적인 경제부문과 비공식적인 경제부문의 격차도 발생한다. 이런 불평등에서 야기되는 소득격차는 필연적으로 사회갈등을 부추긴다." (223쪽)

문제는 더 있다. 자원집약적인 경제성장으로 인해 토지, 산림, 물, 석유 같은 자원의 급속한 고갈과 극심한 환경오염도 심각한 문제다. 세계 최고의 오염도시 20개 가운데 16개가 중국에 포진하고 있다. 전국토의 3분의 1에 산성비가 내리고, 4분의 1이 사막화 되었으며, 전국토의 58퍼센트가 척박하기 이를 데 없다. 중국은 급기야 식량수입국으로 전락했다.

조공제도는 부활할 것인가

『중국이 세계를 지배하면』에서 가장 흥미로운 대목은 조공제도와 관련한 미래예측 부분이다. 660년 백제 멸망과 668년 고구려 멸망 이후 언제나 중국의 눈치를 보며 살아온 1,300년 우리 역사를 돌아보게 하기 때문이다. 2011년 시점에서 여전히 중국을 무시하고 경멸하는 다수의 한국인이 이 문제를 어떻게 수용할 것인지, 그것이 궁금하다.

"조공제도는 문명국가를 자처하는 중국이 오랜 세월 주변 국가들과 맺어온 문화적, 도덕적 제도다. 조공제도가 보편적으로 실시되지는 않았지만 한국과 일본의 일부지역, 베트남, 미얀마 모두 때가 되면 중국에 조공을 바쳤고, 말라카와 태국을 포함한 동남아 국가들은 조공을 바치거나 최소한 중국이 종주국임을 인정했다. 다양한 형태를 띠었지만 조공제도는 중국문화의 우월성을 인정하는 것이다. 유럽의 베스트팔렌 체제가 국민국가 사이의 평등관계라면, 조공제도는 위계질서에 입각한 불평등관계에 기초한다."(360-383쪽)

이런 역사적인 준거(準據)에 기초하여 지은이는 앞으로 전개될 세계역사의 흐름이 중국에 있을 것이라고 예견한다. 지난 2세기 동안 세계를 지배한 강대국은 영국과 미국이라고 지적하면서 그는 21세기가 중국의 세계지배가 현실화되는 시점이라고 확언한다.

산업혁명과 식민지 쟁탈에서 선두주자였던 영국은 1850년부터 제1차 세계대전이 시작된 1914년까지 세계 최강의 국가였다. 그 이후 비공식적인 제국으로 공군력과 미군 기지에 기초한 압도적인 군사적 우위를 바탕으로 국제적인 경제기구 장악과 세계적인 미디어 등으로 미국의 세계패권이 1945년 이후 지금까지 유지되고 있다는 것이다.

하지만 '비우량주택담보대출(서브프라임모기지) 위기'로 금융체계가 거의 붕괴하고 신자유주의의 사망이 선고된 2008년 9월의 금융위기를 기점으로 미국의 내리막길은 이미 시작되었다.

이런 판단에 기초하여 지은이는 다음과 같이 말한다.

"미국과 중국이 경쟁하면서 힘의 균형이 중국 쪽으로 기울면 세계는 미국권역과 중국권역을 중심으로 분열될 가능성 크다. 이때 동아시아와 아프리카는 중국권역으로 들어가 위안화 경제권을 이룰 것이며, 유럽과 중동은 여전히 미국의 우산 아래 남을 것이다. 어떤 상황이 발생하더라도 중국이 경제성장을 지속하면서 양대 강국으로 부상하거나 궁극적으로는 유일한 세계 강대국으로 부상할 것이라는 전망을 뒤집을 수는 없을 것이다." (478-481쪽)

글을 마치면서

21세기 첫 번째 10년이 막 지난 시점에서 중국은 세계 제2위의 경제대국으로 올라섰다. 1968년 이후 42년 동안 부동(不動)의 2위 자리를 누렸던 일본이 중국에 밀려났다. 하지만 중국은 강대국과 개발도상국 사이에서 동요하고 있으며 상당기간 그러할 것이다.

"그 이유는 중국만이 가지고 있는 독특한 규모의 조건 탓에 근대화과정에 오랜 시간이 소요될 것이기 때문이다. 도시와 농촌의 근대화 격차로 인해 경제적, 정치적, 문화적으로 다채로운 결과가 나타난다. 중국의 근대는 국토의 상당부분이 역사적으로 서로 다른 시대를 살아가는 현상을 피할 수 없을 것이다. 그리하여 중국은 필요와 이해관계에 따라 선진국의 지위를 누릴 수도 있고, 개발도상국의 지위를 누릴 수도 있는 것이다." (563-564쪽)

중국의 부상(浮上)은 기정사실이 되었다. 일부 일본학자들과 한국의 시대착오적인 친미주의자들만이 중국의 부상을 경시하거나 애써 외면하려 했을 뿐이다. 공자는 "사람이 멀리 생각하지 않으면 반드시 가까운 곳에 근심이 있을 것이다"고 말했다. 이제라도 우리는 차분하게 중국의 변화를 살피면서 대응방식을 숙고해야 한다.

19세기 후반 제국주의 열강의 침략에 속수무책으로 당했던 조선과 민비 민자영의 피어린 시간대를 반추하면서 치밀하게 미래를 대비하고 기획해야 한다. 이 점에서 마틴 자크의 신간 『중국이 세계를 지배하면』은 유익한 정보로 작용할 것이다.

『종교와 과학』: 과학과 종교가 맞장 뜬다면?!

"단순하지만 누를 길 없이 강렬한 세 가지 열정이 내 인생을 지배해왔다. 사랑에 대한 갈망, 지식에 대한 탐구욕, 인류의 고통에 대한 참기 힘든 연민(憐憫)이 그것이다. 이런 열정이 나를 이리저리 몰고 다니며 깊은 고뇌의 대양 위로, 절망의 벼랑 끝으로 떠돌게 했다."

1872년 5월 18일 출생, 1970년 2월 2일 영면. 20세기 영국의 지성을 대표하는 수학자이자 철학자. 반전 평화주의자였던 그는 제1차 세계대전에 참전하지 않는다. '양심적 병역거부자'가 되어 6개월 동안 감옥에 구금된다. 1945년 원자폭탄이 발명되자 수소폭탄 발명을 예견하면서 핵무기 반대운동과 평화운동을 전개한다. 그의 이름은 버트런드 러셀.

수학자였던 그는 『수학원리』를 가지고 수리철학과 기호논리학에 공헌하였다. 철학으로 활동영역을 넓혀 정치·교육·인생에 대한 평론을 남긴다. 『게으름에 대한 찬양』에서는 노동하지 않는 특권층을 철폐함으로써 인류전체의 복지와 문화를 주장하였다. 『서양철학사』, 『권력』 등의 저작을 남겼고, 『종교와 과학』으로 1950년 노벨 문학상을 받았다.

종교와 과학, 무엇이 다른가

러셀은 종교와 과학이 인간의 사회생활을 지탱하는 두 가지라고 말한다. 종교는 인간정신의 역사가 시작된 이래 중요한 위치를 차지해왔으며, 과학은 그리스인과 아랍인들 사이에서 간헐적으로 등장했다고 한다. (이런 점에서 러셀도 중국이나 인도의 과학적 발견이나 업적인정에 인색하다.) 그러다가 과학은 16세기에 갑자기 역사의 전면에 등장하기 시작한다.

과학은 관찰과 추론에 기초하여 세계와 우주에서 발생하는 특정사실에 내재하는 법칙을 발견하려고 한다. 발견된 사실을 서로 연결하여 운이 좋으면 미래의 현상까지 예측 가능하도록 하는 법칙성을 찾아내려고 애쓴다. 과학은 언제나 잠정적이고, 현재의 이론이 조만간 수정되어야 할 것이라 예상하며, 방법론이 완벽하거나 합당하다고 생각하지 않는다.

인류역사에 등장했던 중요한 종교에는 공통된 세 가지 측면이 있다고 한다. 예배장소와 교리, 개인의 도덕률이 그것이다. 종교의 교리는 영원불변의 진리를 담고 있다고 주장한다는 점에서 과학이론과 차이를 드러낸다. 절대적인 권위를 내세우고, 그것에 대한 맹목적인 복종과 귀의(歸依)가 종교의 특징이라 할 수 있다. 기독교가 이런 점에서 특히 두드러진다.

중세의 관점과 현대과학의 관점 사이에 존재하는 중요한 차이를 러셀은 권위에서 본다.

"스콜라 철학자들에게 성경, 기독교의 교의 그리고 (거의 동등한 수준으로) 아리스토텔레스의 가르침은 의심의 여지가 없는 것이었다. 과학자들은 어떤 중요한 권위자가 참이라고 말했다 해서 그 명제를 믿으라고 요구하지 않는다. 그들은 감각의 증거에 호소했고, 사실에 기초했다고 믿는 교리만을 주장했다."(15쪽)

천문학에서 맞붙은 과학과 기독교

『종교와 과학』에서 다루어지는 종교는 오직 기독교다. 러셀은 기독교를 신교와 구교로 나누어 과학과 대비하여 설명한다. 따라서 불교나 이슬람 같은 종교는 등장하지 않는다. 기독교 신학과 과학 사이에 벌어진 최초의 주목할 만한 갈등은 천문학 논쟁이었다.

> "사람들은 하늘, 태양, 달이 아니라 지구가 돈다고 주장하는 건방진 점성술사의 말에 귀 기울인다. 똑똑해 보이고자 하는 자는 누구나 새로운 체계, 가장 훌륭한 체계를 고안해내야 한다. 이 멍청이는 천문학을 송두리째 뒤집어엎고 싶은 모양이다. 하지만 여호수아는 지구가 아니라 태양에게 멈추라고 명령하셨다."(23쪽)

1543년 코페르니쿠스가 『천체의 회전에 관하여』를 출간했을 때 루터가 했던 말이다. 어떤 결정적인 전환을 말할 때 우리는 '코페르니쿠스적 전환'이라고 표현한다. 기원 140년 무렵 프톨레마이오스가 정립하였고, 그 후 1400년 넘도록 부동의 권위를 인정받아온 '천동설'에 대한 정면반박이 시작된 것이다. 그것에 대한 기독교의 반발은 상상 이상이었다.

칼뱅(1509-1564)은 "누가 감히 코페르니쿠스의 권위를 성령의 권위 위에 놓을 것인가?"라고 일갈했다. 그러나 지동설은 덴마크의 천문학자 티코 브라헤(1546-1601)의 연구 성과, 이탈리아의 신학자이자 천문학자 조르다노 브루노(1548-1600)의 화형(火刑), 요하네스 케플러(1571-1630)의 행성운동의 세 가지 원리의 발견에까지 이른다.

하지만 1616년 2월 26일 종교재판정은 갈릴레오 갈릴레이(1564-1642)에게 지동설을 포기하라는 판결을 내린다. 재판정이 내세운 논리는 다음과 같다.

> "태양은 중심이고 지구의 둘레를 돌지 않는다는 첫 번째 명제는 신학적으로 볼 때 어리석고 부조리하며 그리고, 성서에 명백히 반(反)하기 때문에 이단이다. 지구는 중심이 아니고, 태양 둘레를 공전한다는 두 번째 명제는 철학적으로 부조리하고 그르며, 신학의 관점에서 볼 때 적어도 참된 믿음에는 반한다."(35쪽)

갈릴레오 전기에 등장하는 "그래도 지구는 돈다!"라는 말이 사실인지 아닌지 우리는 모른다. 다만 브루노가 화형당한지 불과 16년 뒤에 벌어진 재판에서 그가 느꼈을 불안과 공포의 그림자는 확연하게 다가온다. 데카르트(1596-1650)는 그 소식을 듣고 네덜란드로 달아났다고 한다. 아이작 뉴턴(1642-1727)은 『자연철학의 수학적 원리: 프린키피아』(1687)로 행성뿐 아니라 혜성의 운동까지 설명해냄으로써 천문학에서 과학의 최종승리에 쐐기를 박는다.

악마학과 의학

중세 말기부터 근대까지 유럽과 북아메리카 일대에서 행해졌던 마녀나 마법행위에 대한 추궁과 재판 및 형벌에 이르는 일련의 행위를 마녀사냥 혹은 마녀재판이라 한다. 현대에는 이것을 전체주의의 산물이나 (정치학) 집단 히스테리의 산물(심리학)로 간주하고 있지만, 전근대적인 문화나 고대의 전통을 중시하는 사회에서는 아직도 근절되지 않았다.

러셀은 『종교와 과학』에서 악마와 관련된 종교행위와 의학 발전을 대립시킨다. 1348년 유럽에서 발생한 흑사병은 온갖 미신의 발생 원인을 제공하였다. 유럽인들이 하느님의 노여움을 누그러뜨리기 위해 가장 많이 사용한 방법은 유대인 학살과 마녀사냥이었다. 그 결과 1450년부터 1550년까지 100년 동안 독일에서 10만 명의 마녀가 화형에 처해졌다.

회의주의(懷疑主義)가 득세한 17세기가 되어서야 그들은 유령과 마녀의 존재를 믿지 않게 되었다. 그러나 영국은 1712년까지, 아일랜드는 1730년까지 마녀를 처형했다. 프랑스에서는 1718년, 에스파냐에서는 1780년이 되어서야 비로소 마녀들의 화형이 중지되었다. 아일랜드에서 마녀화형을 폐지하는 법안이 통과된 것은 고작 1821년의 일이었다고 전한다.

중세에는 질병과 치료가 미신적이고 임의적인 방법으로 이루어질 수밖에 없었다. 해부학과 생리학에 대한 연구 없이 과학적인 치료가 불가능하기 때문이다. 그러나 교회가 해부에 반대했기 때문에 획기적인 치료방법은 출현하지 않았다. 해부학보다 늦게 성립한 생리학은 혈액순환을 발견한 윌리엄 하비(1578-1657)에 와서야 과학적인 모습을 갖추게 된다.

종교와 과학의 접점, 그리고 우리의 과제

"만약 종교에 적대적이지 않거나 무관심하지 않다면 현대의 과학자들은 우주적 목적에 대한 믿음에 집착한다. 자유주의적인 신학자들도 그것을 교리의 중심요소로 삼는다. 윤리적

으로 가치 있는 어떤 것을 향해 나아가는 진화라는 개념을 공유한다." (168쪽)

러셀은 현대과학과 종교의 접점을 '우주적 목적'이라고 규정한다. 우주생성의 원인, 지구의 냉각과 생명체 출현, 그것의 의미를 과학적인 신학자와 종교적인 과학자의 출현이라고 믿는 견해가 우주적 목적이다. 우주적 목적에는 유신론적(창조설), 범신론적(인간과 신의 영원불멸) 그리고 출현적(3단계 진화론)이라는 세 형태가 존재한다고 러셀은 말한다.

『종교와 과학』의 저자는 이런 세 가지 형태의 우주적 목적을 통렬하게 반박한다.

"지금까지 일어난 일은 우주가 선의를 품고 있다는 증거인가? 인간을 그토록 찬미하는 이유는 무엇인가? 사자나 호랑이는 어떤가? 개미들은 어떤가? 잔인하고 불의하며 전쟁을 일삼는 인간들의 세계보다 나이팅게일과 종달새와 사슴의 세계가 낫지 않은가? 우주적 목적을 믿는 사람들은 우리의 지성을 중시하지만, 그들의 저술은 그것을 의심하게 한다." (194)

이런 전제 위에서 러셀은 과학기술이 도달한 폭력적 양상을 비판하면서 과학의 악영향을 고발한다. 군수산업의 흥성, 일본의 제국주의화, 러시아와 독일의 폭력적인 파시즘 등의 원인을 과학에서 찾는 것이다. 과학이 무너뜨린 교회의 특권적 지위를 물려받은 신성불가침한 현대국가와 정부에 대한 과학자와 지식인의 저항이 절실하다고 그는 말한다.

"미래에도 코페르니쿠스와 갈릴레오, 다윈 같은 사람들이 등장할 것이다. 만약 그들이 과업을 수행하고 영향력을 행사하는데 방해를 받는다면 인류는 정체될 것이고, 새로운 암흑시대가 도래할 것이다. 새로운 진리는 종종 불편하다. 권력자들에게는 더욱 그렇다. 그러나 새로운 진리야말로 잔인함과 편협함으로 얼룩진 역사에서 총명하면서도 방종한 인류가 이루어낸 가장 중요한 성과물이다." (224-225쪽)

덧붙이는 글

러셀의 이야기에 귀를 기울이다 보면 대한민국 과학계가 한눈에 보입니다. 2005년 한국사회를 발칵 뒤집었던 황우석 사태, 2011년 네 명의 목숨을 앗아간 카이스트 문제, 과학입국을 내세운 지 반세기가 넘도록 제자리를 맴도는 우울한 현주소가 떠오릅니다.

우리가 해마다 연말이면 그토록 목을 매는 '노벨상'을 일본은 모두 17명이 받았습니다. 평화상 1인, 문학상 2인이고, 나머지 14명이 과학 분야에서 수상했습니다. 무슨 말입니까? 그들은 중심을 놓지 않고, 묵묵히 각자의 연구 분야에 매진했습니다. 영어 몰입교육도 없고, 외부의 시선에도 아랑곳하지 않고, 대물림해 가면서 연구에 매진(邁進)하는 인내와 뚝심을 보여줬습니다.

국가와 정부와 기업의 지원금에 눈이 멀어 장기적인 기획이나 전망도 없이 지금과 여기에 함몰되어 있는 한 대한민국의 과학에는 장밋빛 미래청사진은 불가능합니다. 과학은 기술의 원천입니다. 기술이 발전하기 위한 제1과 제1장은 기초과학에 있습니다. 거기서 신진 연구자들이 마음껏 연구하고 활동할 공간과 여건을 마련해줌으로써 미래가 기약되는 것입니다. 이제 그들을 자유롭게 해주어야 합니다.

젊은이들 역시 부모세대가 강요하는 출세지상주의, 권력과 금력(金力)에 기생하고 결탁하는 행위, 당장의 성과에 집착하는 성과만능주의와 작별해야 합니다. 젊다는 것 하나가 얼마나 커다란 밑천이고 자산인지 깨달아야 합니다. 미래는 가슴이 뜨겁고, 엉덩이가 무거우며, 열망으로 가득 차 있으며, 눈빛 형형한 젊은이들의 몫이란 사실을 명심하기 바랍니다. 저기가 고지입니다. 전진하세요! 뒤돌아보지 말고! 미련 없이 앞으로 진군하기 바랍니다!

『거꾸로 보는 고대사』: 만주는 정녕 우리 땅이었는가

글을 시작하면서

학창시절에 자주 불렀던 응원가 가운데 『막걸리찬가』가 있었다. "만주 땅은 우리 것, 태평양도 양보 못한다"로 끝나는 노래. 거나하게 취해서 이 노래를 부를라치면 광활한 대륙의 웅혼한 기상과 드넓은 대양의 포효(咆哮)가 온몸으로 느껴졌던 기억이 있다. "뜨거운 남도에서 광활한 만주벌판~"이란 가사를 담은 운동권가요 『광야에서』역시 같은 부류의 노래다.

고구려사를 배우거나, 신라의 '불완전한' 통일을 생각하거나,

중국의 '동북공정'을 떠올리면서 우리는 불현듯 만주의 광활한 땅덩어리를 연상한다. '그때 신라가 아니라, 고구려가 삼국을 통일했더라면...' 이런 문제를 던지지 않은 한국인은 아마 없을 것이다. '잃어버린 제국' 고구려를 향한 우리의 애끓는 사랑은 여전히 현재 진행형이다. 왜 그런가!

오슬로 국립대학에서 한국학을 가르치는 박노자의 신간 『거꾸로 보는 고대사』가 출간됐다. 러시아에서 태어나 한국으로 귀화한 박노자는 『당신들의 대한민국』(2002)으로 큰 반향을 일으킨 바 있다. 한국인이되, 한국인이 아니며, 한국학 전공자이되, 한국에서 대접받지 못하는 박노자. 타자(他者)이면서 우리의 자아를 아프게 돌아보게 하는 문제적인 인물 박노자.

모두 4부로 구성된 『거꾸로 보는 고대사』에서 박노자는 우리가 가지고 있던 고대사의 환상 혹은 편견 내지 희망사항을 낱낱이 파괴한다. 파괴하면서 동시에 그는 21세기 동북아질서의 재편을 염두에 두면서 다가올 날을 기획한다. 이 글에서 나는 박노자의 신간에 담긴 통렬하고도 예리한 시각을 따라가면서 고대사에 대한 우리의 자세를 생각해보고자 한다.

우리는 만주의 주인이었는가

만주를 말할 때 일차적으로 드는 생각은 고구려다. 광개토대왕과 장수왕으로 대표되는 영토 확장과 강성대국을 떠올리면서 우리는 자못 통쾌해지는 것이다. 박노자에 따르면 오늘날까지도 강력하게 작용하는 '강성한 우리민족' 담론은 개화기에 형성되었다고 한다. 신채호와 박은식 같은 항일투사뿐 아니라, 일제에 부역(附逆)한 최남선도 같은 길을 걸었다.

> "『독사신론』에서 신채호는 단군이란 정복자가 심양과 요동의 영토를 두루 평정한 덕에 만주가 우리 민족의 발상지가 됐다고 주장했다. 『한국과 만주』라는 논설에서 그는 '한민족이 만주를 얻으면 한민족이 강성하고, 다른 민족이 만주를 얻으면 한민족이 쇠약해진다'는 역사의 법칙을 밝혔다." (30쪽)

이런 역사이해와 서술방식은 세계 각국의 민족주의 역사학의 공통점이라고 지은이는 말한다. 고대사에서는 '우리의 위대성' 위주로, 현대사에서는 '우리의 피해'를 중심으로 서술한다는 것이다. 고대사에서는 '구약성서'의 내용을 고고학과 무관하게 실제역사로 받아들이고, 현대사에서는 나치의 '유대인 학살'을 강조하는 이스라엘 교과서를 떠올려보시라.

역사서술은 누구나 당면한 현재적 선택의 문제다. 강성대국의 이미지를 강조할 수도 있고, 다른 종족이나 국가들과 어울리면서 교류함으로써 자유로이 국경을 넘나드는 지역 공동체의 면모를 부각시킬 수도 있다. 박노자는 후자의 관점에서 고구려사를 중국과 벌인 항쟁의 역사로 보는 시각(신채호와 함석헌)이나 고구려의 만주지배 담론에 동의하지 않는다.

> "고구려는 독자적인 문화권역을 가진 제국이 아니라, 중국을 중심으로 한 동아시아 문화공간에 있던 독자성 강한 구성원이었을 뿐이다. 강력했던 고구려의 '힘'을 사실 이상으로 과장하면서 흠모하는 것보다는 보덕의 『열반경(涅槃經)』 이해나 담징의 화풍에 반영된 고구려 문화를 중요시하는 것이 더 낫지 않겠는가?"(62-64쪽)

신라는 민족의 배신자였는가

당나라와 손잡고 백제와 고구려를 멸망시킨 신라를 자랑스러워하는 한국인은 많지 않은 듯하다. 고구려 계통의 유민(流民)

이 말갈족과 연대하여 '발해'를 건국한 후에도 교류와 선린에 힘쓰지 않은 신라의 모습에 동조하기도 어려울 것이다. 오늘날의 남북한 시대와 비견할만한 '남북조시대'가 정녕 있었는지 물으면서 지은이는 우리의 통념을 반박한다.

"신라인들은 발해 건국에서 말갈족이 했던 구실과 아울러 발해와 고구려의 계승관계를 잘 인식하긴 했지만, 발해인들에 대해서는 정치적인 적대감을 넘어 문화적인 이질성까지 느꼈다. 근대 민족주의 사학에서 '상식'으로 통하는 신라, 고구려, 발해가 모두 한민족 계통이라는 생각은 7-9세기 고대인들의 머릿속에는 들어있지 않았다." (77-78쪽)

'통일신라론'의 용도폐기가 제기된 까닭을 박노자는 '좌파 민족주의' 득세와 중국의 '동북공정'에서 찾는다. 신라가 반민족적으로 외세를 끌어들여 만주를 상실하게 됐다는 비판이 고조되면서 김유신과 김춘추가 입길에 올랐다는 것이다. 반면에 을지문덕, 연개소문, 대조영에 대한 찬양에는 남북한 가릴 것 없이 같은 의견이라고 한다. 그의 말을 들어보자.

"오늘날처럼 동질화된 한국인의 종족적 집단형상을 1,500년 전 과거에 투영하여 삼국의 싸움을 동족상잔으로, 대당연합을 꾀한 신라의 행동을 형제에 대한 배신으로 이해할 수 있 겠는가. 삼국은 지배층 사이의 신화나 제례(祭禮)는 물론 언어 와 행정체계도 서로 달랐고, 누적된 적대감까지 더해져 동족 이 아닌 경쟁세력이었을 뿐이다."(98-102쪽)

일본은 언제나 우리의 적이었는가

한일 역사문제가 제기되면 반드시 등장하는 대립적인 견해 가 있다. '한반도 전파론'과 '임나일본부설'이다. 전자(前者)는 삼 국이 일본의 고대문화와 국가형성에 지대하게 공헌했다는 주 장이며, 후자(後者)는 일본이 한반도의 특정지역을 지배했다는 주장이다. 우리는 언제나 전자에 동조하면서 일본의 후진성을 조롱하고, 『일본서기』(720)의 황당함을 비웃는다.

『삼국사기』(1145)에 따르면, 신라는 미사흔 왕자를 왜국(倭國) 에 볼모로 보냈고, 백제 전지왕은 왜국에 인질로 갔다가 왜인 친위대의 도움을 받고서야 겨우 즉위했다. 또한 광개토대왕은 기해년(399), 경자년(400), 갑진년(404) 세 차례에 걸쳐 신라, 임나 가라(가야지역), 대방(황해도지역)에서 왜인을 무찔렀다는 기록이 '광개토대왕비'에 수록되어 있다.

"경주평야와 낙동강 유역은 물론 한반도 중부지방에서도 고구려와 전투를 벌이고, 신라와 백제 왕자들을 인질로 데려가고, 백제왕 즉위에 군사지원을 해주었던 왜인들이 단순한 후진적 오랑캐였을까? 그들이 임나일본부를 세워 한반도 남반부를 다스렸다는 것은 낭설이지만, 왜국은 한반도 정세에 영향을 미친 주요세력 가운데 하나였다." (154-155쪽)

　　그렇다면 '임나일본부설'은 어떻게 만들어진 것일까. 지은이의 설명을 들어보자.

　　"일찍이 신라에 병합된 가야에 대해 신라와 고려 사학자들이 태무심하여 한국의 사료가 부족한 것이 일차적인 책임이다. 가야만큼 일찍부터 대왜관계를 개척한 나라는 없었다. 이런 과정에서 아라가야에 '대왜교역관리기관'이 부설됐는데, 『일본서기』에서 이 기관에 대한 전승이 대대적으로 윤색되어 '임나일본부'라는 가상현실을 낳았던 것이다." (168쪽)

고대국가, 억압과 저항의 이중주

　　오늘날 '조공(朝貢)'이라는 말은 굴욕적인 대외관계나 불평등한 국제관계를 의미한다. 이를테면 지난해 '한미자유무역협정'을 재협상하면서 미국이 원하는 결과가 나온 것을 두고 정치권에서는 '현대판 조공외교'라는 말이 나돌았다. 불과 사흘 만에 자동차부문을 포함하여 4조 3천억 원 상당의 '미국 퍼주기'를 감행한 협상 당사자들을 비난하는 표현이었다.

그런데 동아시아 고대사회에서 조공은 전혀 다른 의미를 가지고 있었다.

> "조공관계는 종속이 아니라, 무역과 문화 같은 분야에서 선진권역과의 교류가능성과 일정한 지역적 지위를 의미했을 뿐이었다. 고대사에서 중원과 중원 바깥의 나라들 사이에는 경제와 문화 같은 영역에서 현저한 수준차이가 있었기에 조공국에게 조공은 커다란 의미가 있었다. 조공외교는 5-6세기 동아시아에서 중요한 정통성 인정절차였다." (255-257쪽)

지은이는 조공외교의 실례를 고구려와 수나라 관계에서 지적한다. 중원제국과 전쟁을 할 때에도 전투기간을 제외하면 조공을 계속하는 상황이 빈번하게 발생했다는 것이다. 고구려는 598년 수나라의 첫 번째 침입을 격퇴하고 나서 두 번째 침입이 일어난 611년까지 수나라에 몇 차례나 조공사절을 보냈는데, 조공은 필수적인 국제 예절이었기 때문이다.

나아가 박노자는 고대사회에서 조공관계가 가져온 긍정적인 면을 부각(浮刻)한다.

　　"동아시아에서 세계질서의 다른 이름인 조공질서는 역동적인 서로의 섞임, 즉 경제와 문화 등 여러 분야에서 국가주도의 활발한 교류를 가능하게 한 원동력이었다. 이와 함께 8세기 중반부터 10세기까지 당과 신라, 발해, 일본 사이에 전쟁이 별로 없었다는 사실은 평화유지 장치로써 조공·교린외교의 저력을 보여주는 것이기도 하다."(261쪽)

글을 마치면서

　'재일한국인 2세'이자 와세다 대학 문학부 교수인 이성시가 『거꾸로 보는 고대사』를 '추천하는 글'에서 제기한 문제의식을 인용하고자 한다.

　　"과거는 고정불변이 아니며, 현재인식과 추구하는 바에 따라 과거사실에 대해 질문을 던지는 방식이 바뀔 수밖에 없다. 부여, 고구려, 백제, 신라, 가야연맹의 주민을 동일한 언어와 습속을 가진 민족으로 보는 것은 국제적인 이해를 얻기 힘들

것이다. 중국이나 일본학계를 비판하기 전에 고대라는 타자와
냉정하게 마주 대하는 것이 중요하다."(5-9쪽)

이런 면에서 박노자는 심심찮게 되풀이되는 동북아시아 삼
국의 역사전쟁을 종식하는 방법을 제시한다. 그것은 근대적인
민족주의를 고대사에 자의적으로 투영하지 않는 것이다. 거기
서 출발하여 그는 다양성과 상호연관을 중심에 두고 사고하는
새로운 고대사 패러다임을 제안한다. 고구려와 만주벌판을 말
하기 전에 곱씹어 볼만한 대목이 아닌가 한다.

언젠가 연길에서 장춘에 이르는 300여 킬로미터를 열차로
여덟 시간 걸려 가본 일이 있다. 한여름 밤에 연길을 출발한
열차는 이튿날 아침나절에야 비로소 장춘에 도착했다. 새벽녘
에 잠을 깬 나는 차창 너머로 지나가는 드넓은 만주의 대지를
보았다. 끝없이 이어지는 옥수수 밭의 기나긴 행렬을 보면서
상념에 빠져들었다.

> "그래, 저 땅이 우리 것이라 치자. 저기서 무엇을 할 것인
> 가? 아파트와 공장을 짓겠는가, 아니면 농사를 짓겠는가? 농
> 사라면 누가 농사를 짓는단 말인가? 고구려와 만주를 목청껏
> 외치는 나와 당신인가? 당신 애인인가? 그도 아니면 또 누구
> 란 말인가!"

『아름다움은 왜 진리인가』: 예쁘면 모든 게 용서된다고?!

글을 시작하면서

『크리미널 마인드』라는 드라마를 가끔 본다. '범죄 심리' 정도로 번역할 수 있을 듯하다. 미국에서 흔히 일어나는 연쇄살인범에 대한 수사물이다. 언젠가 거기에 '얼굴대칭'과 관련된 연쇄살인범 이야기가 나왔다. 자기도 모르는 사이에 여성들의 얼굴에 공통적으로 드러나는 대칭에 이끌린 용의자가 연쇄적으로 살인행각을 벌이게 된다는 줄거리다.

우리가 아름답다고 여기는 대상에는 반드시 '대칭'이 들어있다고 한다. 대칭의 무늬를 만드는 회화기법인 '데칼코마니'를 연상하면 이해하기 편하다. 좌우가 완벽한 대칭을 이루는 대상을 보면서 인간은 미의식이 선사하는 희열과 함께 커다란 쾌감을 느낀다는 것이다. 그러기에 아름다움의 첫 번째 필요충분조건은 대칭이라 해도 무방하다는 얘기다.

『아름다움은 왜 진리인가』의 부제는 '대칭의 역사'다. 여기서 우리는 이언 스튜어트의 집필의도를 포착할 수 있다. 대칭의 역사를 통하여 아름다움과 진리의 관계를 엮어내려는 시도 지은이는 영국의 낭만주의 시인 존 키츠의 시『그리스의 옛 항아리에 부치는 노래』를 인용하여 "아름다움은 진리이며, 진리는 아름답다"고 못 박는다. 그것은 사실인가.

60 진법과 수數의 약사略史에 대하여

수가 없다면 우리는 하루도 살아갈 수 없다. 세비야의 대주교였던 성 이시도루스는 『어원사전』에서 일갈했다. "모든 것에서 수를 없애보라. 그러면 모든 것이 사라질 것이다." 기원전 5세기에 히포크라테스, 데모크리토스, 파르메니데스, 제논, 히피아스 등이 포진하여 전성기를 맞았던 피타고라스학파가 "만물의 근원은 수"라고 주장한 것은 설득력 있다.

오늘날 통용되는 숫자표기법은 1,500년 전에 만들어졌고, 800년 전에 유럽에 소개되었다. 생각보다 아주 짧은 시간 동안 인류는 수의 체계에 담긴 복잡하고 까다로운 수수께끼를 풀어온 셈이다. 여기서 한 가지 질문. 고대 바빌로니아 사람들은 왜 60진법을 썼을까.

> "그들은 원을 360도로, 1시간을 60분으로, 1분을 60초로 나누었다. 왜 그들은 10진법 대신 60진법을 썼을까. 60이라는 숫자가 가진 유용성 때문일 것이다. 60은 약수의 개수가 많다. 60은 2, 3, 4, 5, 6으로 나누어진다. 또한 10, 12, 15, 20, 30으로도 나누어진다. 이것은 곡물이나 토지를 여러 사람들에게 나누어줄 때 아주 편리한 성질이다." (22-37쪽)

오늘날 우리가 알고 있는 수의 체계는 꽤나 복잡하고 기나긴 경로를 거쳐 형성되었다. 고대 그리스인들은 한동안 1과 2를 제외하고 3부터 숫자를 시작했다고 한다. 복수성과 다수성을 인식하기에 1과 2는 부족한 숫자였기 때문이다. 우여곡절을 겪으면서 1과 2가 수의 체계에 포섭되고, 훨씬 뒤에 인도 수학자들이 신비한 수 '0'을 발견하기에 이른다.

0을 인식하고 난 다음에는 인도와 중국의 수학자들이 음수

개념을 발전시켰고, 그 이후에 분수와 무리수, 소수와 무한소수가 발견된다. 그러다가 영국의 수학자 월리스가 허수직선과 복소평면을 발견하였고, 1837년에는 해밀턴이 복소수를 대수학의 대상으로 전환하기에 이른다. 그것은 수리물리학의 거의 모든 문제를 푸는 도구로 알려져 있다. (225쪽)

대칭에 관하여

이언 스튜어트에 따르면, 대칭은 수학의 모든 분야와 깊은 관련을 맺고 있으며, 기본적인 수리물리학 개념의 기초라고 한다. 그의 주장을 들어보자.

> "대칭은 세계에 내재된 근본적인 규칙성을 표현하며, 물리학을 추진하는 동력이다. 회전과 같은 연속적인 대칭은 시간, 공간, 그리고 물질의 본질과 밀접한 관련이 있다. 또한 이것들은 폐쇄된 계(系)가 에너지를 얻지도 잃지도 않는다는 에너지 보존법칙 같은 여러 가지 보존법칙을 암시한다. 이것을 밝힌 사람은 에미 뇌터(E. Noether)였다."(251쪽)

지은이는 아인슈타인을 대칭의 역사에서 핵심적인 인물로 꼽는다. 수학을 기초물리학 분야로 옮김으로써 거미줄처럼 복잡한 사건들이 일어나게 한 장본인이 아인슈타인이라는 것이다. 아인슈타인은 우주가 이해할 수 있는 존재이자, 수학적 원리에 지배받는 대상이라고 생각했다. 그가 말한 신은 초자연적인 현상이 아니라, 우주질서의 상징이었던 셈이다.

스튜어트는 대칭에 내재된 함의를 다음과 같이 추론한다.

> "대칭이 물리학, 또는 모든 과학에서 가지는 의미는 아직도 완전히 밝혀지지 않았다. 이해할 수 없는 일들이 여전히 많다. 하지만 우리는 대칭군(對稱群)이 미개척지로 나아가는 길임을 안다. 적어도 더욱 강력한 수학적 개념이 나타나기 전까지는." (414-415쪽) 아름다움의 영역을 넘어서 과학적 진리에 이르는 대칭은 여전히 진행형이다.

천동설과 지동설, 무엇이 옳은가

지동설을 이단으로 간주한 로마 가톨릭교회가 지동설을 끝까지 주장한 조르다노 브루노를 1,600년에 로마의 저잣거리에서 재갈 물려 화형에 처했음은 널리 알려진 사실이다. 오늘날 우리는 모두 천동설이 아니라, 지동설이 옳다고 확신하며 살고 있다. 하지만 우리는 여전히 "아침에는 해가 뜨고, 저녁에는 해가 진다"고 말한다. 어떻게 된 일인가.

"태양이 지구를 중심으로 공전한다는 설명이나, 지구가 태양을 중심으로 공전한다는 설명이나 큰 차이가 없다. 어떤 설명이든 선택하는 기준틀에 따라 타당하기 때문이다. 기준틀이 태양과 함께 움직이면 지구가 그 계에 대해 상대적으로 움직이며, 기준틀이 지구와 함께 움직이면 움직이는 대상은 태양이 된다." (283쪽)

달리는 열차에서 창밖을 보면 승객이 고정되어 있어서 창밖 풍경이 달려 지나간다는 인상을 준다. 들판 한가운데서 달리는 열차를 바라보는 사람 눈에는 반대로 보인다. 바라보는 주체와 기준틀에 따라 운동주체와 대상의 차이가 생긴다는 말이다. 조르다노 브루노는 지동설 때문이 아니라, '신의 존재부정' 같은 이단주장을 굽히지 않았기 때문에 죽은 것이다.

아름다움과 진리의 관계: 원근법과 기하학

"수학을 모르는 자는 나의 저작(著作)을 읽지 못하게 하라!" 이것은 레오나르도 다빈치의 『회화론』 첫 번째 문장이다. 르네상스를 대표하는 화가이자 조각가이며 과학자였던 다빈치는 이런 문구(文句)를 고대 그리스의 플라톤 학당 입구에 붙어 있었다고 전해지는 전설적인 문구에서 가져왔다고 한다. "기하학을 모르는 자는 이곳에 들이지 마라!"

르네상스 시대에는 수학과 예술이 상당히 가까운 사이였는데, 건축은 물론이려니와 회화에서도 수학이 적용되었기 때문이다. 르네상스 화가들이 기하학을 원근법에 적용하는 법을 알아낸 것이다. 브루넬레스키가 정확한 원근법에 필요한 수학적 방법을 체계화했고, 알베르티의 저서 『그림에 관하여』를 거쳐 피에로 프란체스카에 이르러 원근법은 완성된다. 원근법의 정수는 '사영(射影: 프로젝션)'이란 개념이다.

> "화가는 사영을 이용하여 개념적으로 풍경의 각 지점으로부터 관찰자의 눈에 이르는 선을 그린 다음, 선이 종이와 만나는 지점을 관찰하여 평면 종이 위에 삼차원의 풍경을 옮긴다. 사영은 비유클리드적인 방식으로 형태를 왜곡시키는데, 특히

평행선을 평행이 아닌 것으로 보이게 한다. 직선으로 길게 뻗은 철로나 멀리 사라지는 고속도로를 보면 직선은 수렴하여 지평선에서 만나는 것처럼 보인다." (400-401쪽)

실물과 가까운 그림을 그리려고 생각해낸 개념이 원근법인데, 거기 담긴 모순을 스튜어트의 서책에서 발견한다는 사실은 작지 않은 기쁨이다. 예술과 과학 혹은 수학의 아름다운 공존은 예나 지금이나 그렇게 간단치 않은 문제인 셈이다.

글을 맺으면서

러시아 일간지 '프라우다'는 "지구외문명탐사연구소가 최근 세 대의 거대한 우주선이 지구를 향해 오고 있다고 발표했다"고 하여 화제가 되었다. 보도에 따르면 가장 큰 우주선은 지름만 240㎞의 초대형이며, 나머지 둘은 이보다 작은 규모로 우주선들은 명왕성 궤도 너머에 있는 것으로 추정되며, 곧 화성 궤도까지 다다를 것이라 예측했다고 한다.

2012년에 지구에 도착할 것이라는 기사와 더해져 우주선 이야기는 오늘도 우리의 관심을 촉발시킨다. 최근 미국 항공우주국에서 발표한 슈퍼미생물도 우리가 도달한 과학의 한계를 여실히 드러낸다. 독성물질인 비소(砒素)를 신진대사 물질로 활용하는 미생물의 존재는 기존 생명체와는 전혀 다른 차원의 생명체가 존재할 수 있다는 것을 의미하기 때문이다.

그러나 어찌 됐든 『아름다움은 왜 진리인가』의 지은이는 "참이 아닌 모든 것은 추하기 때문에 수학에서 아름다움은 반드시 참"이라고 결론 내린다. 진선미(眞善美)의 3일치 가운데서 진과 미의 일치를 주장하는 그에게 대한민국의 젊은 남녀는 성형으로 보답한다. 오늘도 우리는 '자연산'이 아니라, '성형미인'에게 이끌린다. 예쁘면 정말로 모든 게 용서되는가?!

『벽암록』: 잘난 척하는 놈들은 맞아도 싸다?!

글을 시작하면서

어떤 책을 읽고 나면 속이 후련하다. 눈앞이 맑아지고 답답한 기운이 확 내려간다. 통렬하다 못해 장쾌하다. 임마누엘 월러스틴의 『유럽적 보편주의: 권력의 레토릭』이 그러하다. 어떤 책은 멀쩡한 사람 속을 외려 뒤집어놓거나, 피로의 극한으로 몰고 간다. 다시는 이런 책을 읽지 않으리라 다짐한다. 어설픈 번역서나 구문조차 막돼먹은 책이 그러하다.

'불교시대사'에서 펴낸 『벽암록(碧巖錄)』은 제목이 보여주는

153

것처럼 절벽을 마주 대하고 있다는 느낌을 준다. 그것도 시퍼런 절벽. 나 같은 문외한이나 범부(凡夫)에게는 도저히 넘을 수 없는 '은산철벽(銀山鐵壁)' 같다. '은'으로 만들어진 산과 '철'로 만든 벽을 대하는 느낌. 그렇게 『벽암록』은 여름 한철 내게 다가와 가을바람 되어 먼 길 떠나갔다.

『벽암록』은 '선문(禪門)'의 1,700가지 공안(公案) 가운데 100가지를 뽑아 본칙(本則)으로 소개하고, 그 앞에 수시(垂示)를, 그 뒤에 송(頌)을 덧붙인 서책이다. 공안은 선을 시작하는 사람에게 정진을 돕기 위해 사용하는 간결하고 역설적인 문구나 물음으로 화두(話頭)라고도 한다. 수시는 문제의 핵심을 제시하는 글이며, 송은 깨달음을 노래로 표현한 것이다.

무엇이 본질이고 무엇이 허상인가

『벽암록』 제23칙 '보복묘봉'에서 우리는 허상(虛像)과 본질에 관한 이야기를 만난다.

"보복화상과 장경화상이 산천을 유람할 때 보복화상이 손가락으로 봉우리를 가리키며 말했다. "저것이 바로 묘봉정(妙

峰頂)일세." 그러자 장경화상이 응수했다. "그건 그렇지만 애석하구먼." 훗날 보복이 이런 얘기를 경청화상에게 들려주었다. 그러자 경청은 말했다. "장경화상이 아니었으면 온 들녘에 해골만 가득했을 것이네." (96쪽)

여기 등장하는 인물은 모두 세 사람이다. 보복화상과 장경화상은 설봉의존의 법을 이은 동문수학한 사이며, 경청화상은 그들보다 약간 어린 사제다. 보복과 장경이 세상을 주유(周遊)하다가 산봉우리를 만난다. 장난기가 동한 보복이 그것을 일컬어 묘봉정이라 한다. 묘봉정은 불가(佛家)에서 우주의 실체이자 진리의 당체(當體)로 표상되는 일종의 상징이다.

상징은 구체성과 추상성을 간직해야 제대로 기능한다. 불가에서는 구체와 추상이 동일시되는 경우가 다반사다. '색즉시공'과 '공즉시색'을 떠올리면 좋겠다. 대립되는 개념으로 우주의 본질을 해명하는 논리체계. 그런데 보복은 눈앞에 보이는 구체적인 산을 추상적인 묘봉정으로 규정해버린 것이다. 어떤 산도 진리의 구현체가 될 수 있다는 의미다.

그러자 장경이 응수한다. 그럴 수도 있겠으나, 묘봉정이 아닌 산을 묘봉정이라 했으니 단지 말 속의 묘봉정이 되었다고 애석해한 것이다. 이 말을 나중에 보복에게 들은 경청은 장경

155

의 깨달음에 공감하면서 그가 아니었다면 온 세상에 쓸모없는 인간들만 가득했을 것이라 말한다. 도저한 경지에 있는 선지식(善知識)들이 거침없이 주고받는 응수와 해석이 현란하다.

그렇다면 무엇이 본질이며 무엇이 허상인가, 하는 문제가 제기된다. 보복이 구체화한 눈앞의 봉우리가 진리의 요체인가, 아니면 장경이 말하는 상징적 존재로서 묘봉정이 그것인가. 혹은 현상에 본질이 내재돼 있거나, 본질은 모든 현상에 현현되어 있는가. 이런 문제제기로 가득한 서책이 『벽암록』이다. (어쩌면 나의 텍스트 오독일지도 모르겠다!)

원숭이가 달을 떠내다

『벽암록』을 번역하고 주석한 이는 백담사에서 정진하고 있는 '무산당 오현화상'이다. '수시'와 '본칙' 그리고 '송'이 끝나면 오현화상은 '사족(蛇足)'이란 이름으로 주석과 설명을 덧붙인다. 만일 그의 '사족'이 없다면, 불교에 문외한인 사람은 『벽암록』을 제대로 이해하지 못할 것이다. '사족'에 담긴 다채로운 풍자와 비판은 그 나름으로 의미가 깊다.

"마음이나 부처나 물건은 궁극적 진리를 뜻한다. 그러나 진리가 이름이나 말 속에 들어있는 것은 아니다. 비유하자면 원숭이가 물속에 비친 달을 떠내려고 두 손을 담그는 순간 달이 사라지는 것과 같다. 원숭이가 떠올리려 했던 것은 달도 아니고, 물에 비친 달그림자에 불과하다. 달을 손으로 떠올리겠다는 발상부터 그릇된 것이다." (114쪽)

　이것은 제28칙 '남전의 말할 수 없는 법'에 대한 사족을 인용한 글이다. "성인들이 대중에게 설법하지 않은 것이 있느냐"는 열반화상의 질문에 남전화상은 "마음도, 부처도, 한 물건도 아니"라고 대답한다. 진리는 마음이거나 부처이거나 한 물건이라고 말해왔던 역대 조사들의 가르침을 일거에 뒤엎어버리는 남전화상의 말을 어떻게 독해할 것인가.

　이런 까다로운 문제를 설명하려고 오현은 우리에게도 낯익은 '원후취월(猿猴取月)' 이야기를 들고 나온 것이다. 우물에 '빠진' 달을 보고 그 달을 구하려 했던 원숭이들이 급기야 모두 우물에 빠져 죽었다는 이야기에서 발원하는 원후취월. 원숭이들이 떠내려했던 달은 달이 아니라 그저 달그림자였을 뿐. 과연 진리는 어디서 어떻게 현현하고 있는가.

잘난 척하는 놈들은 맞아도 싸다?!

"어떤 납자가 백장화상을 찾아와 물었다. "어떤 것이 기특한 일입니까?" "대웅봉에 홀로 앉는 것이니라." 납자가 그 말을 듣고 예배했다. 백장은 그를 후려갈겼다." (106쪽)

백장산에서 크게 선풍(仙風)을 떨치며 선지식의 정상에 있던 백장화상에게 깨달음에서 얻는 즐거움이 무엇인지를 떠돌이중이 묻는다. 화상의 대답은 간명하다. 그냥 산봉우리에 앉아 있는 것일 뿐. 아주 소략하고 간명한 답변이다. 천하를 얻는 장쾌함이나 우주를 통관하는 도저한 깨우침도 아닌 앉아 있음에 대한 대답이라니! 납자는 공손하게 절을 올린다.

이런 정도면 그냥 넘어갈 수 있겠지만, 사태는 거기서 멈추지 않는다. 백장화상이 돌연 주먹을 날린 것이다. 왜 그런가. 오현은 그것을 당연한 일이라고 주석(註釋)한다. 까닭인즉 제대로 알지도 못하면서 아는 척한 것이 죄라는 게다. 알지도 못하면서 마음을 움직여 절을 하는 행위를 신랄하게 닦달한 것이라는 해석이다. 스님은 거기에 다음과 같이 덧댄다.

"세상이 시끄러운 것은 아는 것 많고, 잘난 척하는 인간들 때문이다. 밭 갈고 베 짜는 사람들이 세상 시끄럽게 하는 것 본 일 있는가. 잘난 척하는 놈들은 맞아도 싸다."(108쪽)

짧은 글줄에 들어있는 통렬하고 매서운 질책에 몸과 마음이 오그라든다. 어설픈 지식인들과 지식인인 척하는 허투로의 인간들 때문에 한국사회는 얼마나 시끄럽고 더럽게 오염되어 있는가. 그들 때문에 발생하는 끝 모를 소음과 공해와 짜증은 또 어떤가. 반면에 농투성이들과 어부들이 언제 우리를 괴롭히고 시끄럽게 했던가. 곰곰 생각할 일이다.

시비분별과 우주적 관점

"마조화상이 백장과 길을 가다가 들오리가 날아오르는 것을 보았다. 화상이 백장에게 물었다. "저것이 무엇이냐?" "들오리입니다." "어디로 갔느냐?" "저쪽으로 갔습니다." 그 순간 마조화상은 백장의 코를 힘껏 비틀었다. 백장이 아픔을 참지 못하고 비명을 질렀다. 이때 마조화상이 백장에게 말했다. "가긴 어디로 날아갔단 말이냐!"(186-187쪽)

들오리가 날아간 것을 보고 사실대로 고한 제자의 코를 비틀어대는 마조화상의 자세는 무엇을 뜻하는가. 오현화상의 사족을 보자.

> "말 궁둥이에 벼룩이 붙어 있었다. 벼룩이 말 궁둥이를 돌아다니는 동안 말은 천리를 달려 부산까지 달려갔다. 이때 벼룩은 부산까지 간 것인가, 아닌가. 달이 지구를 돌고 있다. 지구는 태양 둘레를 돌고 있다. 태양계는 은하계를 돈다. 달은 태양을 돌고 있는가, 은하계를 돌고 있는가. 가긴 어디로 갔는가. 돌고 돌아도 그 자리에 있는 것이다." (187쪽)

어떤가. 우리가 따지고 드는 촘촘하고 시시콜콜한 시비와 선악을 한달음에 격파해버리는 통렬함과 얼얼함이 있지 않은가! 소소하거나 남루한 저잣거리의 번잡과 혼란을 대번에 초탈하는 드높은 경지 아닌가. 이런 깨달음에 도달하는 방편 가운데 하나가 '지도무난 유혐간택(至道無難 唯嫌揀擇)'이다.

> "지극한 도에 이르는 길은 어렵지 않다. 간택하고 분별하는 짓만 하지 않으면 된다. 시비선악이란 우리가 분별하는 데서 생긴 것이므로 분별만 없어지면 평화가 온다." (201쪽)

조선조 선비 허후의 절창 『시비의 노래(是非吟)』가 떠오르지 않는가.

"진정 옳은 것을 시비하면 옳은 것도 그른 것이 되니/ 시비의 파도에 억지로 따를 필요는 없을 터/ 시비를 잊어버리고 눈을 높은 곳에 두면/ 옳은 것은 옳다 하고 그른 것은 그르다 할 수 있으리."

글을 마치면서

서책을 마치면서 오현화상은 『화엄일승법계도』를 인용한다. 신라의 고승 의상대사가 스승인 지엄화상의 명을 받고 지었다는 『화엄일승법계도』. 7언 30구 210자로 『화엄경』의 정수(精髓)를 요약했던 의상. 의상은 거기서 멈추지 않고, 그것을 여덟 글자로 압축한다.

"걷고 걸어도 그 자리, 가도 가도 떠난 자리(行行到處 至至發處)."

헤어날 수 없는 허무의 그림자가 깊게 깔려 있는 여덟 글자의 매서운 억압을 느끼지 않을 수 없다. 인생에 담긴 제한된 시공간뿐 아니라, 우리가 죽음 직전까지 이를 수 있는 미소(微小)한 깨달음의 허명(虛名)에 가슴 저미는 것이다. 하지만 어쩌랴! 그것이 우리의 운명인 것을. 하여 다시 확인한다. 마지막 그날까지 나아가고 다시 나아갈 뿐, 퇴로는 없다는 것을!

『유혹의 역사』: 여성의 유혹, 본능인가 의지인가

2006년 12월 개봉되어 무려 662만 관객을 불러 모은 영화 『미녀는 괴로워』. 김용화 감독의 영화는 이듬해 한국사회에 성형은 물론 아름다움과 그것을 향한 욕망에 대한 질펀한 논란을 불러일으켰다. 그것은 영화를 둘러싼 찬반논쟁을 넘어 현대사회가 주목하는 여성미의 본질에 대한 다채로운 인식과 관점을 조명하는 계기를 마련했다.

도이칠란트 성의학자이자 문화인류학자 에버펠트의 『유혹의 역사』는 여성미에서 출발하여 그것에 담긴 함의를 문화사적으로 풀어낸다. 서책은 4부로 구성되어 있으며, 각각의 장은 여성이 어떻게 남성을 유혹하는가, 남성은 왜 유혹에 빠져드는가를 살핀다. 그녀가 주장하는 논지(論旨)의 핵심이 진화론과 결부한 자웅선택설(sexual selection)에 의지한다는 점은 흥미롭다.

『유혹의 역사』에는 '이브, 그 후의 기록'과 '하이힐과 금발 그리고 립스틱'이란 두 가지 부제가 딸려 있다. 부끄러움을 동반한 자의식을 확보한 최초의 여성 '이브'가 어떤 길을 걸어왔는지에 대한 이야기. 금발 미인도 하이힐과 립스틱으로 남성을 유혹해왔다는 뜻이 담긴 두 번째 부제. 이렇듯 『유혹의 역사』는 직접적이고 노골적인 면모를 감추지 않는다.

노출과 여성: 그들은 왜 노출을 감행하는가

한겨울 냉기가 가시고 봄날의 향연이 시작되면 여성들은 신록과 함께 옷치장에 몰두한다. 거리마다 청춘이 넘쳐나고 훈훈한 5월은 여름으로 가는 징검다리 노릇을 시작한다. 바야흐로 노출의 계절이 코앞이다. 한겨울에도 예쁘게 하이힐을 신느라 차가운 맨살의 아픔과 추위를 견딘 그녀들은 이제 신나고 당당하게 노출을 감행한다. 왜 그럴까.

"여자는 남이 자신을 쳐다보는 것을 칭찬으로 간주한다. 많은 여성이 자신의 몸매를 훑어보는 눈길을 은근히 즐기는 것도 그 때문이다. 여자는 누군가 자기를 바라보고 있다는 것을 느낌으로 안다. 여자는 자신의 뒷모습에 꽂히는 남자의 시선을 즐긴다. 등 뒤에서 들려오는 희롱의 목소리 때문에 곤혹스러워 하지만 시선 자체를 싫어하지는 않는다." (33쪽)

에버펠트는 '여자의 핏속에는 노출로 자기를 표현하려는 욕구가 있다'고 확언한다. 그것은 되도록 많은 남자가 자신의 몸을 갈망하기 바라는 여자의 욕구와 정확하게 일치한다고 주장한다. 그것의 근거로 지은이는 성인잡지 편집장의 말을 인용한다. 이를테면 『빌트 Bild』지에서 젖가슴을 드러내는 표지모델을 구하지 못한 경우는 한 번도 없다는 것이다.

에버펠트는 노출에 담긴 '이중구속'을 설파한다. 모순되는 두 가지 신호를 동시에 보냄으로써 상대방을 구속하는 상태를 일컫는 말이다. 그것에 따르면 과도한 노출과 그것을 드러내놓고 쳐다보는 것은 별개의 문제라는 것이다. 따라서 과감한 노출을 감행하는 여성의 주장은 이렇다. "나를 봐주세요. 하지만 노골적으로 들여다보지는 마세요." (39쪽)

하이힐과 브래지어: 아름다움의 탄생

에버펠트는 하이힐의 전신을 베네치아 창녀들이 신었던 '조콜리(zoccoli)'에서 찾는다. 나막신과 유사한 모양의 조콜리는 키를 커보이게 하는 효과가 있었고, 최대 높이가 46-56센티미터에 이르렀다고 한다. 조콜리는 15세기 이후에는 귀족 여성들에게도 인기를 끌었고, '쇼핀느(chopine)'라는 이름으로 17세기까지 널리 유행했다고 한다.

발목이 삐고, 인대가 끊어지고, 발이 부러지는 고통 속에서도 여성들의 하이힐 사랑은 숙지지 않는다. 그것은 하이힐이 선사하는 아름다움의 가능성 때문이다. 다리를 길게 보이게 하고, 가슴과 엉덩이의 결함을 보충하는 탁월한 효과를 제공한다는 것이다. 여성의 성적(性的)인 매력을 최대한 발산하는 최적의 도구 가운데 하나가 하이힐이라는 주장이다.

아름답고 당당한 가슴을 원하는 여성의 욕망을 충족한 최고 발명품은 브래지어였다.

"가슴을 고정시키고, 확대하고, 원하는 모양으로 만들어준다는 약속을 제시하고, 그것을 실제로 이행한 제품이 브래지어였다. 1889년 발명된 브래지어는 예쁜 가슴을 만들어주는

기적의 상품으로 각인되었고, 그 결과 브래지어 시장은 급속
도로 성장했다. (107쪽)

브래지어에 불만족한 여성을 위한 가슴 확대수술은 21세기
들어와 일반화되는 추세다. 오늘날 거리를 활보하는 여성 다섯
사람 가운데 한 사람 가슴은 가짜라고 한다. 2002년 미국여성
235,000명이 유방 확대수술을 받았는데, 이것은 10년 만에 5배
이상 늘어난 수치다. 수술 받은 여성 가운데 90%가 만족하고
있다니 폭발적인 인기가 놀라운 일도 아니다.

아름다움의 기준: 여성은 왜 미인을 꿈꾸는가

미의 기준은 시대에 따라 변화를 거듭하였다. 서양을 중심으
로 살핀다면 고대 그리스 시대에는 완벽한 몸매가 찬사를 받았
고, 바로크 시대에는 풍만한 몸매가 주목받았다. 동양 삼국의
미인도를 들여다보아도 확연한 차이가 있다. 중국 미인이 날아
갈 듯 가냘프다면, 일본 미인은 자극적인 요염함을 보인다. 반
면 조선 미인은 자연미와 건강미를 뽐냈다.

에버펠트가 꼽는 여성미의 기준은 간결하다. 젊고 매끄러운

피부와 좌우대칭을 이루는 신체구조, 적당한 키가 그것이다. "나이든 아름다움에는 매력이 뒤따르지 않는다."는 쇼펜하우어의 언명(言明)을 인용하면서 지은이는 싱싱함과 건강을 미의 전제조건으로 지적한다. 신체의 대칭구조는 아름다움의 필수조건이자 성적인 매력의 배가요인이라고 강조한다.

그렇다면 왜 여성들은 아름다워지려고 그토록 애쓰는가.

"자신들이 이상형이라 믿는 존재, 즉 패션모델이 부귀영화와 성공, 모든 이들의 감탄과 인정, 각광 받는 삶, 고민 없는 삶을 누린다고 확신하기 때문이다. 예쁜 얼굴에 아름다운 몸매를 가지면 세상 모든 것을 가질 수 있을 듯 보인다. 예뻐질 수 있다면 모든 남성이 원하는 여자가 될 수 있다면 어떤 일도 불사하겠다는 것이 여성들의 심리다." (241-242쪽)

이런 논거 위에서 지은이는 "아름다움에 관한 여성들의 면역체계에는 항체가 없다"고 말한다. 나아가 외모와 인상이 직접적으로 연계되어 있지 않다는 말은 거짓이라고 결론짓는다. 이쯤 되면 "아름다운 사람은 모든 것이 아름답다"는 생물학자 칼 그라머의 주장이 그다지 생뚱맞게 들리지 않는다. 이런 형편이니 여성들이 어떻게 가만히 있을 수 있겠는가.

본능인가, 의지인가: 유혹하는 여성과 넘어가는 남성

『유혹의 역사』는 교훈적이다. 머리말에서 지은이는 자신의 생각을 명징하게 밝힌다.

> "어떤 형태의 아름다움이든 간에 목적은 동일하다. 여성의 매력을 최대한 강조하여 남자들의 관심을 끄는 것이다. 자신을 꾸미고 싶어 하는 여자들의 욕망과 그것에 환호하는 남자들의 취향이 맞아 떨어지는 데에는 이유가 있다. 훌륭한 자식을 낳아서 잘 키우고 종족을 보존하고 싶어 하는 인간의 본능이 숨어 있는 것이다." (11-12쪽)

에버펠트의 논지와 주장에는 '종족보존'을 향한 인간의 본능이 도처에 자리한다. 그녀는 논거를 입증하기 위하여 다윈의 '자웅선택설'을 동원한다. 어째서 인간의 눈에만 흰자위가 두드러지는가, 왜 인간의 머리털만 길게 자라나고, 귓불이 발달하였는가, 동물과 달리 여성의 유방에 엄청나게 많은 지방이 축적되는 이유가 무엇인지를 그녀는 묻는다.

> "진화과정을 거치는 동안 살아남은 요소는 거추장스럽지 않은 것, 미학적으로 뛰어난 것뿐이다. 가슴도 거기에 속한다.

언제 어떻게 생성되고 발전되었는지는 여전히 의문이지만, 여성의 가슴이 발달한 것도 진화과정의 일부분이라는 사실은 틀림없다." (116쪽)

여성이 아름다움으로 남성을 유혹하고, 남성이 여성의 유혹에 넘어가는 것은 종족보존을 위한 자연스러운 과정이라는 것이 핵심적인 주장이다. 효과적인 유혹을 위하여 여성은 육체의 가장 아름다운 부분을 발달시키거나 돋보이게 하였고, 남성은 그것에 보조(步調)를 맞춰왔다는 것이다. 그런 노력의 후예가 21세기를 살아가는 우리 자신일지도 모른다.

글을 맺으면서

『유혹의 역사』에 따르면 요즘 회자(膾炙)되는 '초식남'이나 '철벽녀'는 인간에게 부여된 본능 저편에 있는 별종이다. 연면부절하게 이어진 종족보존 본능을 뒤로하고 자신의 의지에 따라 꿋꿋하게 일상을 영위하는 독특한 존재이기 때문이다. 그런 연유로 『유혹의 역사』는 흥미롭고 유쾌하게 읽힐 수 있지만, 모든 독자의 공감을 확보하기에는 부족해 보인다.

반면에 서책에는 다채로운 정보가 넘쳐난다. 유럽 여성들이 가슴은 노출하되 20세기까지 다리를 감춰온 모순, 미니스커트와 핫팬티에 얽힌 이야기, 마네킹 변천사, 금발과 갈색머리 및 빨강머리의 차이, 립스틱과 체취(體臭)에 담겨진 사연, 쿨리지 효과(Coolidge effect) 등등. 이런 항목은 '화남금녀'의 차이점을 이해하는데 적잖은 도움이 되리라 믿는다.

『유러피언 드림』: 21세기 새로운 세계질서를 위하여

2009년 5월 대한민국을 들끓게 한 사건은 노무현 전 대통령의 서거(逝去)였다. 한국 현대사에 잊히지 않을 족적(足跡)을 남기고 그는 표표히 우리 곁을 떠났다. "삶과 죽음이 모두 자연의 한 조각 아니겠는가." 그가 유서에 남긴 글귀는 오늘도 우리의 옷깃을 여미도록 한다. 그것은 죽음과 삶을 하나의 순환질서로 이해하는 통합적 (도가적) 세계관의 표출이다.

죽음의 문턱에 이르러서도 앎을 향한 긴장의 끈을 놓지 않았던 그가 세 차례 꼼꼼하게 통독한 서책이 『유러피언 드림』이었다고 한다. '유러피언 드림'은 언뜻 보면 우리에게 생소한 개

넘이다. 오히려 '아메리칸 드림'이나 '코리안 드림'이 훨씬 친숙하게 와 닿는다. 하지만 명민한 독자라면 '유럽연합'과 관련한 서책이란 사실을 이내 알아챌 것이다.

대통령직에서 물러난 그가 무엇 때문에 방대한 정보와 자료로 넘쳐나는 『유러피언 드림』을 숙독했을까. 그것은 21세기 세계질서를 예견하고 준비하려는 성숙한 정치가 노무현의 미래기획에서 출발한다. 여전한 지구 유일의 분단국가로 남아있는 남북한 문제를 지역 블록화로 표현되는 금세기 세계정세 안에서 숙고하고 해결해보려는 의지의 일단이 엿보인다.

서책의 구성과 골자

『유러피언 드림』을 끝까지 읽는 일은 쉽지 않다. 그것은 제레미 리프킨의 저작에 담겨있는 다채로운 지식과 식견, 날카로운 시각, 그리고 미래를 앞당겨 읽으려는 열망에서 기인한다. 한 가지 사실이나 정보만으로도 지은이는 여러 관점을 제시한다. 예컨대 '원근법'을 가지고 그는 신 중심에서 인간 중심으로 이동한 근대 인간의식의 변화를 다각도로 추적한다.

서책은 '구세계에서 얻는 새로운 교훈', '현대의 형성', 그리고

'다가오는 글로벌 시대'의 세 부분으로 이루어져 있다. 이미 서문에서 리프킨은 '유러피언 드림'을 '아메리칸 드림'과 비교하여 서술한다. 그것은 양자에 내재한 대조적인 성격과 현재양상 및 미래지향에서 출발한다. 이런 관점이 1장부터 3장에 이르는 첫 번째 부분의 골자를 이룬다.

두 번째 부분은 '현대'의 개념과 형성에 바쳐져있다. 어떤 과정을 거쳐 유럽에 '현대'가 도래했으며, 그것과 결부한 자본주의와 시장경제 및 민족국가 성립이 이루어졌는지 살핀다. 그는 근대로 이행하는 과정에서 시간과 공간개념이 얼마나 비약적으로 변해갔는지 숙고한다. 그러면서도 '아메리칸 드림'과 '유러피언 드림'을 비교하는 작업을 잊지 않는다.

마지막 부분은 '유러피언 드림'의 실체를 이루는 '유럽연합'의 태동과 미래상, 성격과 특징, 그리고 21세기의 새로운 세계질서를 사유한다. 자신이 미국인이면서도 리프킨은 '아메리칸 드림'의 퇴락(頹落)을 부정하지 않으며, 유럽연합과 '유러피언 드림'의 장래를 낙관한다. 그리고 그것의 아시아 판본인 '아세안'의 미래와 중국과 인도의 미래까지 예견한다.

'아메리칸 드림'의 가능성과 한계

『유러피언 드림』 곳곳에서 우리는 '아메리칸 드림'의 실체와 만나게 된다. 이른바 '세계의 용광로'라 불리는 미국의 면모를 가장 쉽고도 간결하게 드러내는 표현이 '아메리칸 드림'이다. 지은이는 그것과 거기에 기초한 미국인의 본질을 다음과 같이 규정한다.

> "아메리칸 드림이란 유럽 역사에서 얼어붙어 있다가 18세기에 미국의 해안으로 고스란히 옮겨져 지금까지 많은 사람들에게 꿈을 심어준 한 순간의 사상을 대변한다. 수세대에 걸쳐 미국인은 종교개혁 이념과 계몽주의 전통을 동시에 실천했다. 그 결과 미국인은 독실한 신교도인 동시에 과학탐구, 개인재산, 시장자본주의, 민족국가 이념을 가장 깊이 신봉하는 국민이 되었다." (115쪽)

'아메리칸 드림'은 개신교의 종교적 열정과 현실적인 실용주의가 결합해 막강한 위력을 발휘함으로써 오늘날의 미국을 건설하는 원동력이 되었다. 하지만 세계화 의식이 형성·발전하고 있는 21세기 새로운 국제관계에서 '아메리칸 드림'은 어느덧

시대에 뒤지고 낡아버린 '백일몽(白日夢)'이 되고 말았다는 것이 리프킨의 진단이다.

> "아메리칸 드림은 세계가 공유하거나 다른 나라로 이식될 수 있는 꿈이 아니었다. 그것은 미국에서만 추구될 수 있는 꿈이다. 아메리칸 드림은 미국의 맥락에서만 적용된다는 점이 그것을 매력적으로 만들었으며, 미국이 성공한 것도 그 때문이다. 하지만 아메리칸 드림은 케케묵어 새로운 세계화 시대에 점점 어울리지 않는 꿈이 되고 있다." (29-116쪽)

하느님에게 선택받았다는 종교적 선민의식과 불굴의 의지로 황무지를 개척하여 성공을 이루려는 현실주의가 결합한 것이 '아메리칸 드림'이다. 현세의 행복과 내세의 구원이라는 대립항의 결합이 '아메리칸 드림'을 잉태한 것이다. 그러나 오늘날 '아메리칸 드림'을 믿는 미국인은 점점 줄어들고 있으며, 미국의 가치는 월남전 이후 지속적으로 도전받고 있다.

'유러피언 드림'과 유럽연합

종교개혁의 신학과 계몽주의 철학에 기초한 '아메리칸 드림'

은 재산권, 시장, 민족국가 통치 시스템을 효과적으로 융합하여 성공하였다. '아메리칸 드림'은 물질적인 부의 확보를 위해 개인에게 주어지는 무한한 기회를 강조하며 사회복지에는 무관심하다. 반면에 '유러피언 드림'은 나날이 좁아지는 세계화 시대의 새로운 여망(興望)에 부응하는 전망이라 할 것이다.

> "유러피언 드림은 개인의 자유보다 공동체 안의 관계를, 동화보다는 문화적 다양성을, 부의 축적보다 삶의 질을, 무제한적인 발전보다는 환경보존을 염두에 둔 지속가능한 개발을, 무자비한 노력보다 온전함을 느낄 수 있는 심오한 놀이를, 재산권보다 보편적인 인권과 자연의 권리를, 일방적인 무력행사보다 다원적인 협력을 강조한다." (12쪽)

100개의 민족과 87가지 언어가 공존하는 다양한 문화적 공간으로서 유럽은 보편적 인권, 공감, 자연보호, 평화공존을 지향한다. 그것을 뭉뚱그려 '유러피언 드림'이라 일컬으며, 유럽연합은 그런 꿈이 구체화된 정치·경제·문화적 실현체이다. 인류의 어떤 통치 시스템도 도달하지 못한 아스라한 이상을 추구하며 전진하는 것이 유럽연합이다. 옥스퍼드 대학교의 헤들리 불 교수는 1977년 '새로운 중세'라는 개념을 창안하였다.

"중세 시스템에서는 통치자나 국가가 영토와 인구구획을 지배하는 개념의 주권을 갖지 않았다. 군주는 아래로는 봉신들과, 위로는 교황과 신성로마황제와 권한을 나눠야했다. 만약 현대국가가 국민에 대한 권한과 국민의 충성을 요구할 능력을 한편으로는 지역과 세계적인 통치기구, 다른 한편으로지자체와 나눠가진다면, 그래서 주권개념이 더 이상 적용될수 없는 경우가 발생한다면 새로운 중세형태의 보편적 정치질서가 생겨날지 모른다."(296쪽)

시장과 정부의 두 가지 중심축으로 민족국가가 유지되어 왔다면, 유럽연합 통치 시스템에서는 시민사회라는 제3의 축이 중요한 구실을 하게 될 것이라고 리프킨은 진단한다. 한 사람의 개인은 유럽연합, 정부, 지역과 지자체, 시민사회에 속하게됨으로써 정치적인 네트워크의 일원이 되는 동시에, 다단계 통치체제의 구성원이 된다. 그리하여 보다 조밀하고 중복된 사회관계를 이룸으로써 이전보다 훨씬 안정된 사회의 일원으로 살아갈 수 있는 것이다.

21세기 새로운 세계질서를 위하여

『유러피언 드림』에서 흥미로운 대목은 25년 후의 세계상을 확고하게 예견하고 있다는 점이다. 지은이는 4반세기 뒤에는 지구상의 어떤 나라도 독자적으로 살아나갈 수 없다고 주장한다. 그가 추구하는 탈출구는 유럽연합과 같은 초국가적인 정치 모델이다. 북미의 '나프타', 중남미의 '메르코수르', '아프리카 통일기구', '아세안' 등도 동시에 거명된다.

리프킨은 아세안이 유럽연합 모델에 가장 근접해 있다고 지적한다. 1999년 기준 10개국으로 이루어진 아세안에 한중일 3국이 연합하여 '동아시아 경제공동체'를 구축할 수 있다면 대단한 세력이 될 것이라고 그는 말한다.

> "동아시아 경제공동체가 생겨나면 막강한 경제·정치세력이 될 것이다. 중국, 한국, 일본을 포함하면 동아시아 전체는 미국보다 50%가 더 넓다. 국민총생산도 유럽연합과 미국 수준에 육박할 것이다. 무역규모 또한 유럽연합보다는 작지만 미국보다 크다. 인구는 20억으로 세계전체의 3분의 1을 차지한다."(465쪽)

아세안은 한중일 3국의 참여와 무관하게 아시아판 유럽연합을 구상하고 있다. 그들은 2020년 무렵 아세안 경제공동체 결성이 가능할 것으로 전망한다. 유럽이 그리스 과학, 로마법, 기독교, 문예부흥, 종교개혁, 계몽주의, 산업혁명 등으로 사회·문화적인 정체성을 공유한다면(466쪽), 아세안은 유교와 불교 및 도교의 공유(共有)에 근거한 공동체 유대감이 있다.

세계가 나날이 좁아지고, 첨단 정보기술로 지구촌 네트워크가 현실화되는 시점에서 대한민국의 장래를 깊이 생각해야 하는 시점이 아닐 수 없다. 휴대전화와 전자우편, 실시간으로 연결되는 인터넷은 우리의 역사적 현재와 과거 그리고 미래를 전면적으로 사유하도록 인도한다. 과연 어떤 방식으로 남북분단을 극복하고 글로벌시대를 맞이할 것인가.

결론을 대신하여: '동아시아 평화·경제공동체'를 창설하자!

『유러피언 드림』을 읽기 전에 나는 『대중의 반역』이나 『수량화혁명』 등에서 유럽을 발견했다. 이미 1930년대에 유럽연합 탄생을 주장한 에스파냐 철학자 오르테가 이 가세트의 뛰어난

형안(炯眼)에 놀랐으며, 16세기 이후 500년 넘도록 지속된 유럽의 패권(覇權)이 어떻게 가능했는지 통찰하는 알프레드 크로스비의 식견에 탄복(歎服)하였다. (하지만 그들의 저작에는 '유럽 중심주의' 내지는 '오리엔탈리즘'의 이데올로기와 분위기가 확고하게 감측된다.)

반면에 세계사를 어느 일방의 지배와 피지배가 아니라, 교류의 관점으로 이해하는 정수일의 『고대문명교류사』는 몇 백 년의 시간단위를 웃어버리는 대범함을 보여준다. 21세기에도 남북분단과 동서대립을 고스란히 끌어안고 있는 한반도의 난맥상에 새삼 가슴 아리다. 분단극복 이전에 확실한 동서화합을 이끌어내서 통일의 동력을 먼저 준비할 일이다.

통일한국의 완비된 조건을 가지고 '동아시아 평화·경제공동체'를 창설하는 것이 나의 간절한 소망이다. 한자와 유교 문화권에 속하는 한국과 중국, 대만과 일본의 역사와 문화에 기초하여 경제공동체를 구상하되, 한반도 비핵화에 터를 둔 평화공동체를 건설하는 구상이다. 여기에 동참하기를 원한다면 미국과 러시아를 포함시킬 수도 있을 것이다.

동아시아를 다자간 협력과 대화가 가능한 공동번영과 인류 역사 진보의 공간으로 만들어보자는 것이다. 이것이 단지 나한 사람의 몽상(夢想)이나 백일몽으로 끝날 것인지, 아니면 유럽연합처럼 새로운 출발점이 될지 그것이 궁금하다. 다가올 21세기 중후반의 양상은 오늘 우리가 생각하는 세계상과는 크게 다를 것이므로 다각적인 대비와 대안(代案)을 준비할 일이다.

『유럽적 보편주의』:
유럽적 보편주의를 넘어 세계적 보편주의로!

글을 시작하면서

신문 보기가 두려운 나날이다. 세계경제가 1930년대 경제공황기와 다르지 않다는 언론보도가 그다지 새롭지 않다. 날마다 고공행진을 거듭하는 세계 각국의 실업률과 끝 모를 주가하락, 주택경기침체를 알리는 소식이 반갑지 않은 것이다. 철거민들을 죽음으로 내몬 용산참사, 연쇄살인범, 유명배우들의 잇단 자살이 세상 분위기를 흉흉하게 한다.

오늘날 우리는 자본주의라는 단일 세계체제 아래 살고 있다. 19세기 자유주의나 신자유주의 같은 용어는 그것의 변형된 외양(外樣)에 다름 아니다. 적어도 500년 이상 존속하면서 19세기 이후 지구전역을 삼켜버린 거대 이데올로기이자 유일한 역사적 체제 자본주의. 그것이 예전보다 훨씬 격렬하고 무질서하게 작동함으로써 심각한 위기의 징후를 보이고 있다.

우리가 조석(朝夕)으로 대면하는 국가적이고 세계적인 위기와 혼란은 자본주의와 너무도 밀접하게 관련되어 있다. 뉴욕 주립대학의 임마누엘 월러스틴은 이것을 자본주의가 맞이한 말기적·구조적 위기라고 진단한다. 『유럽적 보편주의』는 그의 최근 저작으로 가까운 미래세계를 바르게 이해하고, 미래를 위한 대안을 마련하려는 의도로 집필된 책이다.

유럽적 보편주의

서문에서 월러스틴은 미국과 영국을 필두로 한 유럽 지도자들과 언론 및 지식인들의 언사(言辭)에 내재된 '유럽의' 보편주의를 지적한다. 그들은 비유럽 국가들과 거기 사는 저개발 국민들과 관련된 정책에 대해 말할 때 거의 언제나 보편적인 가치와 진실을 대변하는 것처럼 말한다. 지은이는 그들이 주장하는 보편주의 행태를 세 가지로 요약하여 설명한다.

"첫 번째, 유럽 지도자들이 추구하는 정책이 인권을 옹호하고, 민주주의를 증진한다는 주장이다. 두 번째는 '문명의 충돌'로 나타나는데, 그것은 서구문명이 보편적 가치와 진리에 기초한 유일한 것이기 때문에 다른 문명보다 우월하다고 전제된다. 세 번째는 시장에 관한 엄정한 사실을 강조하는데, 이것은 신자유주의 이외에는 대안이 없다는 논리다." (8쪽)

이런 맥락에서 저자는 제1장 '누구의 개입할 권리인가'에서 근대와 자본주의 및 유럽이 어떻게 결합되었는지 추적한다. 근대의 문을 열면서 유럽은 신대륙을 포함한 여타지역의 군사 정복, 강제수탈 및 불법행위를 자행(恣行)하였다. 그들은 이것을 문명화와 진보, 경제성장과 발전이란 용어로 호도(糊塗)하였다. 근대란 유럽국가와 민족의 팽창역사의 다른 이름이다.

16세기 에스파냐의 아메리카 정복이후 그들이 내세운 보편적 가치는 기독교였다. 그들이 보기에 원주민들은 야만상태에 빠져 우상숭배와 인신공양의 관습에 젖어 있었다. 따라서 잔인한 지배자로부터 양민을 보호한다는 명분으로 시작된 기독교 전파는 야만과 작별하기 위한 필연적인 작업이었다는 것이다.

(멜 깁슨의 영화 『아포칼립토』(2007)를 떠올리면 좋겠다.)

유럽은 이런 식으로 16세기에는 기독교, 19세기에는 문명화, 20-21세기에는 인권과 민주주의를 내세워 세계 각국의 정치와 사회에 개입하였다. 그들이 내세워 관철한 개입할 권리를 월러스틴은 원천적으로 인정하지 않는다. 그는 유럽의 보편주의 주장을 특수주의로 규정하면서 지구적 보편주의와 그것에 기초한 지구적 보편가치 창조를 주장한다.

> "지구적 보편가치는 주어지는 것이 아니라 창조하는 것이다. 그런 가치를 창조하려는 인간의 기획은 인류의 위대한 윤리적 기획이다. 그것은 우리가 강자의 이데올로기적인 관점을 넘어서 선에 대한 진정한 공통의 인식으로 나아갈 때 성취할 희망이 있다. 그것은 우리가 지금까지 구축해왔던 어떤 것보다 훨씬 더 평등한 구조를 요구한다." (56-57쪽)

오리엔탈리즘에 어떻게 대응할 것인가

콜럼부스 이후 신대륙을 정복한 유럽인들은 19세기 아시아에서 고급문명을 소유한 한 무리의 국가들과 대면한다. 인도, 페르시아, 오스만튀르크 제국과 중국이었다. 잘 살펴보면 이들

제국은 계통발생적인 문명의 후예라는 공통점이 있다. 여타 문명의 영향과 혼융(混融)을 언급해야 하지만 우선 인더스 문명, 메소포타미아 문명 및 황하 문명을 거명할 수 있겠다.

하지만 유럽인들은 '오리엔탈리즘'이란 이념적·학문적 개념을 가지고 아시아를 재단(裁斷)하고 평가하였다. 그것의 고갱이는 아시아의 무력화와 서구의 우월성 확립에 있었다.

> "동양문명이 문화적으로 서구의 기독교 문명만큼 풍성하고 세련되었다는 것이 사실이라 하더라도 그들 문명은 작지만 중대한 결함을 가지고 있다. 그들 문명에는 근대성으로 나아가지 못하게 하는 어떤 것이 존재한다. 서구문명의 도움을 받아야 동양문명은 자신의 한계를 돌파할 수 있다. 따라서 서구의 지배는 과도기적인 현상이지만, 세계발전과 피지배자들의 직접적인 이익에 필수적인 현상이다." (131-132쪽)

이런 주장을 내세우는 자들을 일컬어 '오리엔탈리스트'라 부른다. 그들은 고대 그리스·로마세계에 (혹은 구약(舊約)의 세계에) 뿌리를 두고 있는 유럽문명만이 자본주의 세계체제에서 근대성을 산출할 수 있다고 주장한다. 그들은 태생적으로 진보적인 유럽문명에 뒤지는 다른 문명이 외부세력의 개입 없이 근대성을 확보하는 것이 불가능하다고 주장하였다.

명저 『오리엔탈리즘』에서 에드워드 사이드는 "오리엔탈리즘은 근본적으로 동양이 서양보다 약자라는 이유로 동양에 강요되는 정치적 원리"(69쪽)라고 규정하였다. 여기서 출발하면서 사이드는 '거대서사(巨大敍事)'의 중요성을 강조하였다. 월러스틴은 사이드의 거대서사에 의지하면서 그것을 다음과 같은 두 가지로 해석한다.

> "그 하나는 세계와 보편적 가치에 은밀하게 관여하고 그것을 이행하는 힘 있는 자들의 주장을 평가하는 것이다. 다른 하나는 보편적 가치의 존재여부와 그것이 존재한다면 언제 어떤 조건에서 우리가 그것을 알 수 있는지 숙고하는 것이다."
>
> (74쪽)

저자는 지배세력의 원리에 구현되었다고 주장되는 보편주의와 피지배자들의 특징으로 간주되는 특수주의를 근대 세계체제의 이분법적 구별로 규정한다. 그러나 1945년 이후 민족해방운동과 68년 세계혁명으로 세계체제는 지속적인 붕괴를 경험하였다. 그리하여 월러스틴은 특수의 보편화와 보편의 특수화를 통해 종합의 길로 나아갈 것을 제시한다.

대학의 변화와 위기상황

저자는 말기적 증세를 보이는 세계의 유일체제 자본주의의 작동원리를 핵심부(유럽, 미국, 일본)와 주변부의 노동 분업과 세 가지의 문화적·지적 발판에서 본다.

> "보편주의 규범과 인종주의/성차별주의 관행의 역설적인 결합, 중도자유주의가 지배하는 지구문화, 두 문화 사이의 인식론적 구분에 기초한 지식구조가 그것이다."(98쪽)

월러스틴은 현대사회의 기술과 부의 축적이 상위 20퍼센트와 하위 80퍼센트 간의 양극화 대가(代價)로 가능하며, 양극화는 경제적·정치적·사회적·문화적 양극화라고 규정한다.

오늘날 세계체제의 구조적 위기는 지식의 구조, 특히 세계의 대학제도와 과학적 보편주의와 밀접하게 연관되어 있다고 그는 주장한다. 세계구조의 작동과 정당화에서 지식의 구조가 필수적인 탓이다. 지식의 구조는 세계체제 유지에 가장 유용한 형태로 발전했기 때문이다.

19세기 이후 대학은 중세 유럽과는 전혀 다르며, 대학은 자연과학부와 인문학부로 양분되었다고 저자는 진단한다. 그때부터 자연과학자는 가치와 무관한 진리추구에 몰입했으며, 인문학자는 선과 미, 가치추구에 매진하였다. 양자의 긴장관계는 1945년 이후 고가(高價)의 복잡한 기술이 과학자의 전유물이 되면서 인문학자가 뒤처지는 현상이 발생했다고 한다.

자연과학과 인문학이 분리됨으로써 사회과학의 모호한 경계와 상황이 발생하였다. 그리하여 1945년까지 경제학, 정치학, 사회학은 사회과학으로, 역사학, 인류학, 동양학은 인문학으로 분류되었다. 하지만 68혁명으로 학문의 세 기둥이 근본적으로 동요하기 시작하였다. 오늘날 대학은 시간제 교수진과 일반 교수진의 이중구조가 고착화되고, 교수들이 연구 성과를 판매함으로써 대학의 시장화가 가속되고 있다. 대학의 위기가 증폭되고 있는 것이다.

무엇을 할 것인가: 지식인을 위하여

오리엔탈리즘은 계속 약화되었지만, 과학적 보편주의가 그 뒤를 잇고 있다고 그는 판단한다. 진리추구는 과학에게, 선과 미의 추구는 인문학에게 부여함으로써 보편적 진리는 과학자가 제시한다는 주장을 일컫는다. 개입할 권리, 오리엔탈리즘,

과학적 보편주의라는 세 가지 양상으로 전개된 '유럽적 보편주의'를 대신할 '보편적 보편주의'를 저자는 제기한다.

"보편적 보편주의는 사회현실에 대한 본질주의적인 성격부여를 거부하고, 보편적인 것과 특수한 것 모두를 역사화하며, 과학적인 것과 인문학적인 것을 단일한 인식론으로 재통합하고, 약자에 대한 강자의 개입을 위한 정당화 근거를 객관적이고 회의적인 시선으로 바라볼 수 있도록 해준다."(138쪽)

보편적 보편주의에 도달하기 위해서 지식인의 구실이 중요하다고 지은이는 말한다. 지식인은 분석가로서 진리를 추구하고, 윤리적 개인으로서 선과 미를 추구하며, 정치가로서 진선미를 통합해야 한다고 역설한다. 상호간에 근본적인 차이가 있는 세 가지 차원의 과제를 성공적으로 완수하려면 거짓된 '가치중립성'의 족쇄(足鎖)를 벗어야 한다고 그는 충고한다.

전문가이자 다방면에 걸친 지식을 갖춘 사람으로서 지식인은 학문적인 분석을 역사화해야 한다고 주장한다. "모든 체계는 역사적이며, 모든 역사는 체계적이다"는 명제를 내세우면서 그는 구조분석이 가능해야 부분이해도 할 수 있다고 힘주어 말한다. 향후 25-50년 동안 전개될 이행기 세계체제 분석과 이해

및 대안선택을 위해 행동하는 지성을 강조한다.

글을 마치면서

하루가 멀다 하고 되풀이되는 후기 자본주의와 신자유주의의 위기를 목도하면서도 대한민국 정부와 보수언론은 여전히 경쟁제일주의와 국가경쟁력 타령에 여념이 없다. 미국과 영국에서 시작되었지만, 숱한 부작용으로 인해 퇴출직전에 있는 일제고사 시행부터, 대학에 휘두르는 전가의 보도에 새겨진 '국제경쟁력강화'가 그것이다.

고갈지경에 이른 세계경제의 근본위기를 통찰하지 못하고, '지금'과 '여기'에 함몰된 우물 안 개구리들의 어리석은 합창경연이 오늘도 되풀이되고 있는 것이다. 잘 나가는 공기업을 민영화하고, 국·공립대학을 기업화하며, 특목고를 우대하고, 자립형 사립학교를 대거 세움으로써 공교육 붕괴와 말살을 자초하는 한 이 나라의 앞날이 밝을 리 만무하다.

앞 다투어 '글로벌'을 노래하고, '세계 초일류'와 '무한경쟁'과 '경쟁력 극대화'를 외치는 부박한 대한민국! 진정한 선진국 대열에 들어서고자 한다면 나 혼자 잘 살겠다는 얄팍한 생각을 버리고, 모든 지구인들과 어깨를 나란히 하면서 행복한 인류공동체를 건설하겠다는 야망과 기획에 허심탄회(虛心坦懷)하게 헌신함이 어떻겠는가!

『사라져가는 수공업자, 우리 시대의 장인들』:
시대의 그늘을 찾아서

2007년 12월 10일부터 23일까지 열나흘 동안 경북대학교 대강당 전시실에서는 '사진기 수리공 이야기'라는 이름의 전시회가 열렸다. 전시회의 주인공은 2006년 9월 대구 가톨릭 대학병원에서 영면(永眠)한 김성민이었다. 서른다섯 살 나이로 세상을 떠난 사진기 수리공 김성민. 디지털 사진기들과 그것들의 자식이 세상을 지배하는 시간대에 수동 사진기들과 밤새워 씨름하였던 사진기 수리공 김성민.

대구 민예총은 전시회를 개최하면서 한편으로는 그를 기리고, 다른 한편으로는 낮은 목소리와 자세로 세상을 살아가는 '노동하는' 사람들의 모습을 보여주고자 했다. 그 결실로 우리 곁에 『사라져가는 수공업자, 우리 시대의 장인들』이 출현한 것이다. 서책에는 정밀세공, 제빵, 선박수리, 이발가위, 철 구조물, 자전거 수리 등으로 나날을 살아가는 우리의 친근한 이웃들이 손에 잡힐 듯 묘사되어 있다. 글과 그림으로 그들은 우리에게 생생하게 다가온다.

시집과 서간집, 평론과 르포에 이르기까지 여러 분야에서 정열적으로 활동하고 있는 중견작가 박영희가 글을 썼다. 그의 글을 입체적이고 역동적으로 형상화하는 사진작가들은 강제욱, 안성용, 안중훈, 장석주, 정윤제, 조성기(가나다순)다. 여섯 사람의 사진작가들은 노동현장 곳곳을 순례하며 노동과 일상, 그리고 거기서 살아가는 노동자와 대중의 표정을 낱낱이 포착하여 독자에게 제시한다. 사진으로써 글은 보다 큰 호소력과 생동감을 얻는다.

이발사 문동식과 경산의 자전거 수리공 임병원의 고단한 삶의 행장(行狀)을 잠시 생각해본다.

어릴 적에 간 이발소에는 거의 예외 없이 러시아 시인 알렉산드르 푸쉬킨의 시 구절이 적혀 있었다. 액자 유리 안에서 나를 바라보았던 구절은 "삶이 그대를 속일지라도 슬퍼하거나 노하지 말라"였다. 그때도 그렇지만 지금도 불가사의한 것이 두 가지다. 왜 하필 그 시였을까, 왜 하필 그 구절이었을까, 하는 두 가지다. 독자 여러분께서는 푸쉬킨을 알고 계셨는지. 아니, 위에 인용한 구절을 들어보셨는지, 궁금하다.

이제 우리는 그런 시도, 그런 시가 걸려있던 낭만적인 이발소 풍경도 떠올리기 어려운 시대에 살고 있다. 문동식은 이발사로 올해로 52년을 살아온 한국 현대사의 생생한 증인이다. 열여덟 나이에 이발소에 들어간 때가 1956년이었으니 얼마나 장구한 세월인가. 문동식과 관련한 글 가운데 박영희가 강조한 대목을 하나 소개한다.

"궁색한 변명처럼 들릴지 모르겠으나 지금의 주소지로 이발소를 옮긴 그는 손님들에게 직접 돈을 받지 않았다. 따로 돈통을 만들어 입구 쪽에 모셔놓았다. 정도 그냥 정이 아닌, 속살 깊은 덧정이 들다보니 차마 더는 손을 내밀 용기가 나지 않았다. 양심은 차치하고, 시간이 흐를수록 새록새록 번지는 사람에 대한 고마움 때문이었다." (118쪽)

중구 공평동에 자리한 '정안 이발소' 주인 문동식은 38년째 운영하는 이발소 단골손님들과 그와 같은 관계를 유지하고 있다. 주인과 손님 관계가 아니라, 웬만한 친척보다 훨씬 가까운 가족처럼 그들은 대구라는 공간을 함께 이고 살아가는 식구가 된 것이다. 이발 기술이 단순한 기술을 넘어서 인간의 격의 없는 유대관계를 유지하는 든든한 자산이 된 셈이다. 이제 그는 늘그막을 동반할 따뜻한 이웃들과 더불어 세상을 살아가는 복된 사람이다.

경산이 오늘처럼 대구의 '잠자리 도시(베드타운)'가 되기 전, 그러니까 농촌의 풍경과 도회의 정서가 공존하는 시간대부터 그곳을 터전으로 살아온 자전거 수리공 임병원. 그를 취재한 지은이가 재미있는 표현으로 우리의 눈길을 사로잡는다.

> "무나 사람은 허파에 바람이 들면 머잖아 버려지기 십상이
> 지만, 타이어(튜브)는 좀 다른 데가 있었다. 그것이 자전거든
> 오토바이든 차(車)든, 적당히 바람을 넣어줘야 가속이 붙었
> 다." (162쪽)

'허파에 바람이 들지 않으면' 어찌 되는지, 박영희는 생각하지 않았나 보다. 거주하는 세상의 위치가 바뀐다. 이 세상에서 저세상으로! 그러므로 박영희의 표현은 수정(修正)되어야 한다. (이것은 우리의 모던한 시인 김수영의 시 『푸른 하늘을』에서 인용한 것이다!) 허파를 간으로 바꾸면 한의학에서 훌륭하단 소릴 듣는다.

간이 붓거나, 간이 배 밖으로 나오면 이미 절단(切斷)난 인간이다. 하지만 허파엔 바람이 들어가야 하고, 위장엔 밥이 들어가야 한다.

여하튼 타이어에 적당한 바람(탄력)이 제공되어야 자연스럽고 안정적인 운행이 보장된다. 그런 일에 임병원은 장구한 세월 지탱해왔다. 그는 '국제통화기금' 사태 이후 휘청한 가게를 '수제 리어카' 제작으로 버텨왔다. 긴 세월 옆에서 내조한 아내가 임파선과 중풍으로 신음할 때에는 헌신적으로 아내를 돌본 지극히 인간적인 모습을 한껏 보여준 임병원.

서책 『사라져가는 수공업자, 우리 시대의 장인들』을 읽으면서 우리는 시대의 장인들이 아니라, 우리 시대 삶의 내력과 가치 있는 것들의 종언을 경험한다. 세상의 모든 것은 종당에 우리와 작별하며, 살아있는 모든 것은 반드시 소멸하게 되어 있다. 이것은 고금동서의 공리(公理)다. 누구도 거역할 수 없는 시간의 필연성이 가져오는 당연한 귀결이다. 하지만 어떤 것은 너무도 신속하게, 어느 것은 너무도 더디게 우리 곁을 떠난다. 우리 의지와 무관하게!

어느 중견 역사가가 꼭 10년 전에 "역사가 무엇이라고 생각하느냐"는 나의 물음에 답한 적이 있었다. 그이는 "역사는 흐를 만큼만 흐른다"고 하였다. 역사가 반드시 전진운동을 하는 것도 아니고, 지름길로 가고 싶다고 해서 '첩경(捷徑)'을 찾아낼 수 있는 것도 아니라고 일갈한 것이다. 그렇다. 이젠 나도 알겠다. 우리가 원한다고 해서 모든 소중한 것들이 우리 옆에 영원할 수 없다. 우리가 작별하고자 해도 끈질기게 제자리를 주장하는 역겹고 추악하며 반역사적인 것들이 허다하다.

하지만 하나는 믿고자 한다. 우리가 눈 부릅뜨고 '지금'과 '여기'를 들여다보고, 자꾸만 묻는다면, 역사와 사회와 세상은 보다 아름답고 그 뜻 또한 깊어질 것이다. 그런 날의 도래와 예비를 위하여 우리는 아름다운 사람들을 생각하는 『사라져가는 수공업자, 우리 시대의 장인들』과 유쾌하게 대면하는 것이다. 그들 모두에게 언제나 신의 축복이 늘 함께 있기를!

『책, 문명과 지식의 진화사』: 책은 어떻게 진화했는가

글을 시작하면서

여순 감옥에서 죽음을 목전에 둔 안중근 의사는 '하루라도 책을 보지 않으면 입안에 가시가 돋는다 一日不讀書 口中生荊棘'는 명언을 남긴다. 경술국치로 나라가 망하기 직전 안 의사가 남긴 말은 비단 그 시대에만 통용되는 것은 아니다. 나라의 힘이 부족하여 국권을 강탈당하는 사태에 직면하여 안중근 의사는 그 원인을 공부하지 않은 데서 찾은 셈이다.

책은 지식과 정보의 원천이다. 문자를 만들어낸 기원전 6,000

년 무렵부터 인간은 기억을 이미지와 글로 고정할 수 있게 되었다. 문자 이전에 기억은 구술로 전달되었는데, 그것은 망실(亡失)과 변형의 위험을 언제나 안고 있었다. 문자발명 이후 인간은 보다 정확하고 오랫동안 문자정보를 보존하고 전달하는 장치를 만들어내려고 노력한다.

책은 인간의 그런 노력을 총체적으로 보장하는 최고의 발명품이다. 한 권의 책을 들여다보면 거기에는 많은 장인들의 노력이 뒤섞여 있음을 확인할 수 있다. 저자와 역자는 물론 삽화와 디자인전문가, 제본사, 편집자, 종이제조자 등등. 컴퓨터의 광범한 보급으로 개인출판이 가능해진 오늘날에도 책에는 여러 사람들의 손길이 닿아있는 것이다.

『책, 문명과 지식의 진화사』는 서양인의 관점에서 본 책의 진화에 대한 연대기다. 원제는 아주 단순하다. 그냥 『책 The Book』이다. 그것을 출판사가 독자들의 이해와 출판사의 판촉(販促)을 위해 설명을 덧붙인 것이다. 나쁘지 않다는 판단이다. 서책에는 책의 시초부터 현재와 미래의 책까지 대략 2,800년 정도의 기나긴 역사를 추적한다. 그 여정을 따라가 보자.

책의 시초와 구텐베르크
(기원전 800년부터 16세기까지)

주지하듯이 기원전 2,600년 무렵 이집트 사람들은 파피루스에 기록을 남기기 시작한다. 서기 1세기 무렵부터 인간은 파피루스 대신 양피지(羊皮紙)를 쓰기 시작하는데, 4세기가 되면 양피지가 파피루스를 완전히 대체하게 된다. 양피지는 파피루스보다 내구성(耐久性)이 강하고, 재질이 뛰어나며, 언제 어디서나 공급이 가능하다는 장점이 있다고 지은이는 말한다.

고대동양, 특히 중국에서는 파피루스 대신 대나무를 이용한 서책의 보급이 활발하게 이루어졌다. 공자가 활동했던 기원전 500년 무렵 '죽간 竹簡'이란 이름으로 통용되었던 책자가 있었다. 오늘날에도 죽간은 중국뿐 아니라, 일본과 우리나라에서도 출토되어 화제가 되곤 한다. 그것을 통한 지식과 정보유통에 대한 내용이 서책에는 일절 언급되지 않는다.

제지술이 8세기에 무슬림세계로 전파되었고, 바그다드에 도읍을 둔 아바스 칼리프가 서적제작에 박차를 가한다. 832년에 '지혜의 전당(바이트 알 히크마)'이 설립되어 서적제작과 번역중심지가 되었다. 무슬림 치하의 에스파냐 코르도바에 대형도서관이 세워져 40만권의 장서를 자랑하였다. 무슬림의 이런 유산을 발판으로 유럽은 르네상스와 대면한다.

르네상스와 더불어 기억해야 할 인물이 요하네스 구텐베르크(1399-1468)다. 마인츠의 명문귀족 출신인 그는 1453년 무렵 금속활자를 발명하여 인쇄시대를 개막한다. 지식 대중화가 시작된 것이다. 『수량화혁명』의 저자인 크로스비는 1453년의 기념비적인 사건을 동로마제국 멸망이 아니라, 금속활자 인쇄기로 출판되기 시작한 서적의 등장이라고 주장한다.

책의 성장기(16-18세기)

16세기 이후 유럽에는 책을 필요로 하는 유식한 독자층이 급속하게 증가한다. 전문학자 이외에도 은행가와 상인 계층출신의 열성적인 지식인이 새로운 독자로 부상한다. 그 결과 1480년 유럽전역에 100개 정도 존재했던 인쇄소가 1500년이 되면 260개 도시에 1,100여개로 늘어난다.(100-119쪽 참조) 이에 따라 도서출판도 급속하게 확장된다.

영국에서 촉발된 자국어 출판은 유럽 전역으로 확산되었고, 종교개혁의 선두주자였던 마르틴 루터의 성서는 가히 폭발적인 인기를 누렸다.

> "16세기의 가장 중요한 책 가운데 하나인 『마르틴 루터의
> 신약성서』는 비텐베르크의 멜히오르 로테르 인쇄소에서 발간
> 되었다. 3,000부가 넘는 1쇄가 두 달 만에 다 팔리자 즉시 2쇄
> 가 발행되었다. 루터 성서는 1522-1525년 사이에 적어도 8만
> 6천부가 인쇄되었다. 책값은 일반노동자의 반달 내지 두 달
> 치 급료에 이를 만큼 비쌌다." (122쪽)

인쇄기로 발간된 책은 주로 종교관련 서적이었지만, 과학과
인문학 서적출간도 상당한 비중을 차지하였다. 코페르니쿠스의
『천체의 회전에 관하여』와 베살리우스의 『인체해부도』가 1543
년에 출간됨으로써 다가올 과학혁명을 예견하였다. 이와 아울
러 리옹과 프랑크푸르트에 도서박람회가 개최됨으로써 서적의
대량판매와 교환이 가능해졌다.

17-8세기에 일어난 변화 가운데 주목할 만한 현상은 지적재
산권 보호와 '백과사전' 편찬이었다. 1710년 영국에서 저자에게
최초로 원고통제권을 부여하였고, 18세기 말에 저작권은 유럽
전역에 확산되었다. 이로써 저자의 권리가 대폭 신장되었고,
원고 해적질과 해적출판이 사라지게 되었다. 지식 생산과 보급
이 한층 고양되는 계기가 마련된 것이다.

"18세기 유럽에는 종교와 정부 그리고 그것들의 관계에 대한 사고방식을 혁신하는 문화적-지적운동이 진행되었는데, 그 시기를 이성의 시대 혹은 계몽기라 부른다. 계몽기 사상가들의 최고업적은 『백과사전』이었을 것이다. 모든 지식의 요약으로 생각된 28권 전집은 디드로의 감독 아래 1751년에 시작되어 1772년에 완성되었다."(206-207쪽)

계몽기의 사고방식을 대표한 『백과사전』은 도처에서 인간이성을 강조하고 종교적 신비주의나 국가주의에 반기(反旗)를 들었다. 교회와 국가의 박해로 『백과사전』은 1759년에 공식적인 금서목록에 오르면서 대중의 관심을 끌게 된다. 이로써 유럽은 지적이고 정신적인 성장과 아울러 미증유의 과학기술문명과 대면할 차비를 갖추고 19세기를 맞이하게 된다.

성숙기와 미래의 책(19세기와 그 이후)

자유민주주의와 과학기술혁명으로 촉발된 19세기 유럽의 전면적인 혁신은 새로운 독자인 부르주아를 양산한다. 그들은 일차적으로 신문에 주목하였고, 신문의 확산은 기술발전과 함께

서적의 질적 향상과 결부된다. 스탠호프의 철제인쇄기(1803), 쾨니히의 실린더인쇄기(1814)와 켈러의 나무펄프를 이용한 종이제작 발견(1843) 등이 그것이다.

1837년 프랑스의 발명가 다게르는 은판사진법을 발명하였는데, 그것이 오늘날 사진의 전신(前身)이다. 인쇄업자들은 이미지로 책을 돋보이게 하려고 삽화가들을 대신하여 즉시 은판사진법을 채택하였다. 사진술의 폐해를 강조한 1839년 '뉴요커' 사설은 흥미롭다.

> "주로 과학적 목적, 기계도면복사, 그리고 자연사 연구대상의 기록이라는 분야에 국한되지만 복제가 판치는 세상(사진)에서는 현재와 같은 창조적 예술 활동은 곧 종말을 맞이하게 될 것이다." (242쪽)

자동화 시기였던 19세기를 경과한 이후 20세기에서도 책은 계속하여 경이로운 변화를 경험한다. 그것의 대표적인 본보기로 우리는 복사기와 저렴한 문고본 및 전자출판을 들 수 있다. '제록스 Xerox'라는 이름을 가진 복사기가 1960년에 어느 사무실로 팔려나간다. 하루 2,000-3,000장까지 복사함으로써 제록스는 복사기의 대명사가 된다.

복사기와 더불어 '페이퍼백Paperback'으로 표현되는 문고본의 등장이 서적시장을 뒤흔든다. 1837년 유럽에서 '타우흐니츠 문고'로 시작한 문고본은 '에브리맨 시리즈'를 거쳐 1923년 '알바트로스 문고'로 진척되다가 1935년 '펭귄북'과 1939년 '펠리컨 북스'로 절정에 이른다. 그리하여 1960년에 페이퍼백의 판매고가 하드백을 추월하기에 이른다.

1980년대의 핵심적인 기술인 개인컴퓨터와 레이저 프린터를 활용하는 전자출판은 전통적인 의미의 발행인이란 존재를 증발하게 만든다. 전자출판은 '원고작업, 페이지작업, 디지털화된 그래픽의 저작, 원고와 그래픽의 통합 같은 모든 출판과정이 컴퓨터에서 수행'(269쪽)되는 것을 의미한다. 이것은 '전자책 e-book'을 예비하는 전단계이다.

맺는 글

"우리에게는 공짜학교도 인쇄물도 없는 점을 하느님께 감사드리오며, 앞으로도 수백 년 동안 그런 것들이 없도록 하소서. 배움이 불복종과 이단과 분파를 낳게 하였고, 인쇄가 그런 불손한 것들과 훌륭한 정부를 비방하는 중상모략을 퍼뜨렸기

때문입니다. 주여, 부디 우리로 하여금 이 두 가지를 멀리하도
록 하소서."(158쪽)

1671년 미국 버지니아 총독이었던 버클리가 내뱉은 말이다.
책과 그것에서 파생된 정보가 불러온 폐해에 대한 직접적인 고
발이다. 지배자들의 압제와 통치에 대한 가장 강력한 저항형식
으로 책은 작용할 수 있는 것이다. 그것은 안중근 의사의 독서
의지와 정확히 맞아떨어진다. 따라서 책은 인간영혼과 정신의
청량한 보관처이자 영원한 원천인 셈이다.

사진이 그림을, 영화가 연극을 대신하지 못한 것처럼 영상이
전통적인 서책을 대신할 수는 없다. 오늘날 전자책이 현저하게
확산, 보급되고 있지만 전통적인 서책은 영원히 우리와 함께
있을 것이다. 이 점에서 지은이의 생각은 의미 있다.

"문화가 아무리 변하고 전자책이 발전한다고 해도 인간의
손을 거친 순수예술로서 책은 남아 있을 것이다. 수작업으로
하는 목제나 철제인쇄기의 유산으로 수제활자, 수제인쇄, 수
제제본도 그대로 존재할 것이다. 우리의 과거를 이해하고 미
래로 나아가기 위한 핵심적인 기술, 그것은 다름 아닌 책이
다."(282쪽)

덧붙이는 글

서책의 지은이 니콜 하워드는 여섯 단계로 책의 진화를 나누어 고찰한다. 각각의 단계를 나누는 토대는 서양 문화사와 서양 기록물이다. 서책에는 동양, 특히 팔만대장경과 금속활자 등으로 자부심이 넘치는 우리 조상들의 이야기가 거의 전무하다. 어쩌면 이런 결과는 당연한 것인지도 모르겠다. 우리가 책에 쏟는 관심과 기록물을 생각해보면 그렇다.

불행한 일이지만 금속활자로 찍은 책들은 우리 조상들의 지식확산과 대중화에 기여하지 못했다. 그것은 귀족과 승려 같은 일부 지식인들과 지배계층의 전유물이었을 따름이다. 한글이 창제되고 나서도 이 땅의 지식과 정보는 골고루 분배되지 않았다. 중화사상에 찌들다 못해 소중화를 내세운 식자층의 완고함과 고루함을 끝내 극복하지 못하였기 때문이다.

문화의 세기라 불리는 21세기에 우리는 조상들이 내걸었던 구호인 '소중화' 대신 리틀 아메리카 'Little America'를 내세우고 있다. 그것이 어떤 결과를 초래할 것인지 이제라도 차분하게 생각해볼 시점이 아닌가 한다. 세월이 많이 흐른 다음 언젠가 우리의 후손들이 우리에 대해 어떤 기억과 역사기록을 남길 것인지 생각해보면서.

『왼손에 노자, 오른손에 공자』:
되돌아보는 노자와 공자의 자기수양과 정치사상

　　우리가 세상에 나왔을 때부터 함께 존재한 가장 가까운 나라 중국. 일본과 달리 뭍으로 쉽게 도달할 수 있었던 거대제국. 싫든 좋든 이웃으로 앞으로도 어깨를 나란히 해야 하는 나라. 70억 세계인의 5분의 1을 구성하는 인구대국. 역사와 문화와 예술과 이데올로기로 세계의 이목을 끄는 나라. 그리고 요즘은 티베트와 올림픽으로 관심대상인 나라.

　　중국의 표상은 다채롭다. 유학생, 상사주재원, 외교관과 보따리 장사에서 밀수꾼과 매춘여성에 이르기까지 중국은 여러 얼굴로 우리에게 다가온다.

그래서인지 요즘엔 심심찮게 중국의 현대는 물론이려니와 고대의 각종 역사서와 처세술을 담은 책들이 출간된다. 창화가 엮어서 펴낸 『왼손에 노자 오른손에 공자』도 그와 같은 추세의 하나로 보면 되리라.

엮은이는 서문에서 노회근 선생의 『노자타설』을 인용하여 중국사와 노장철학과 유가사상의 상호연관을 소개한다.

> "수천 년의 중국역사를 들여다보면 하나의 비밀을 발견할 수 있다. 왕조마다 가장 번성을 누렸던 시기에는 정치적으로 그만한 비결이 있었는데, 안에는 노장사상을 품고, 밖으로는 유가사상을 드러낸 것이다. 이것은 중국인이 마음을 수련하고 벼슬에 나아가던 이치였다. 그들은 밖으로는 적극적으로 세상 일에 참여하고, 안으로는 자신의 마음을 수련했다."

노자가 권하는 수양방책

창화는 중국 5천년 역사에서 사건과 일화와 교훈을 가져온 다. 그것은 그들이 축적한 각종 문자기록이 매우 풍요롭다는 사실을 입증한다. 예컨대 노자 『도덕경』 제47장에 나오는 '불위이성(不爲而成)', 즉 '애쓰지 않고도 이루는 것'을 재미난 일화로 설명한다.

춘추시대 뛰어난 말몰이꾼 왕양과 진나라 대부 조양자 사이에 있었던 일이라 한다. 훌륭한 기술을 배우고자 하였던 조양자가 어느 정도 숙련되자 왕양에게 대결을 청한다. 그러나 조양자는 번번이 왕양에게 미치지 못한다. 말을 바꿔도 결과는 마찬가지였다. 조양자는 의심이 생긴다. 왕양이 비책(祕策)을 모두 가르쳐주지 않았다고 생각한 것이다. 왕양이 말한다.

> "마차경주에서 달리는 것은 사람이 아니라 말입니다. 말이 경주를 주도하고, 사람은 그저 말이 잘 달릴 수 있도록 방향만 잡아주고 방해하지 않으면 됩니다. 그런데 대인께서는 반대로 하셨으니, 어찌 시합에서 지지 않을 수 있겠습니까."(55쪽)

여기에서 도달할 수 있는 결론은 이렇다. 모든 일은 맹목적으로 노력한다고 해서 얻어지는 것이 아니라, 자연스럽게 이루어지는 법이다. 한 마디로 '불위이성'이다. 『도덕경』 제24장에 나오는 기막힌 구절을 소개한다.

"발꿈치를 땅에 대지 않고 발돋움하면 오래 서 있지 못하고, 큰 걸음으로 걸으면 멀리 가지 못한다. 자기를 내세우면 부각되지 않고, 자기가 옳다고 하면 드러나지 않는다. 공을 자랑하면 공도 없어지고, 혼자 우쭐대면 오래가지 못한다. 기자불립 企者不立 과자불행 跨者不行 자현자불명 自見者不明 자시자불창 自是者不彰 자벌자무공 自伐者無功 자긍자부장 自矜者不長"(207쪽)

어떤 경우든지 자신을 내세우지 말라는 금언이다. 요즘 세태는 이와는 정반대로 흘러간다. 서로 공을 다투고, 높은 지위를 탐한다. 그래서 세상은 나날이 시끄러워진다. 노자는 어리석고 탐욕스러운 인간들의 맹점과 한계를 칼날처럼 추궁한 것이다. 스스로 겸허하고 낮은 자세를 취하는 것이야말로 궁극적인 목표에 이르는 첩경이라 여긴 것이다.

공자의 수양방법

『논어』의 '위령공 편'에 "허물을 알고도 고치지 않는 것, 그것이 허물이다. 과이불개 시위과의(過而不改 是謂過矣)"라는 구절이 나온다. 자신의 과오와 실수 혹은 죄과를 솔직 담백하게 인정하는 사람이 얼마나 되는가. 검찰에 잡혀가면서도 "하늘을 우러러 한 점 부끄럼 없다"고 소리치는 고관대작들이 허다한 세상 아닌가. 군자와 소인의 차이가 그것이다.

공자는 평생 네 가지를 하지 않은 것으로도 유명하다. 이것은 『논어』 '자한 편'에 나온다.

> "주관적인 추측대로 판단하지 않는다. 반드시 어떻게 해야
> 한다고 생각지 않는다. 자기 견해를 고집하거나 집착하지 않
> 고 사물의 변화와 흐름을 따른다. 자기가 옳다고 생각하지 않
> 고, 상대방 의견도 공정하게 받아들인다. 자절사 子絶四 무의
> 毋意, 무필 毋必, 무고 毋固, 무아 毋我"(351쪽)

균형 잡힌 시각과 유연성, 상대방을 허심탄회하게 인정하는 자신감과 당당함. 이런 자세야말로 고대보다 훨씬 복잡한 요즘 세상을 살아가는 덕목 아닐까. 자아의 중심을 잃지 않으면서 세상과 자유자재로 소통하는 자세. 그리하여 공자는 나직하게 하지만 소름끼치도록 신랄하게 말한다. 돈과 땅과 권력과 명예에 묶인 오늘의 우리를 푹 찔러오는 공자의 목소리.

"군자는 정의에서 깨닫고, 소인은 이익에서 깨닫는다. 군자
유어의 君子喩於義 소인유어리 小人喩於利"(313쪽)

노자의 정치사상

'무위자연(無爲自然)'의 주창자라 하여 노자를 현실정치와 무관
한 사람으로 보는 경우가 있다. 이것은 노자와 그의 사상을 올
바르게 수용한 결과는 아닌 듯하다. 『도덕경』에는 정치 지도자
의 기본자세와 치세(治世)의 방법론이 곳곳에 자리하고 있기 때
문이다. 그 가운데 『도덕경』 제66장에서 보석처럼 빛나는 구절
을 소개한다.

"백성 위에 있고자 한다면 겸손한 말로 자신을 낮추고, 백
성 앞에 서고자 한다면, 백성 뒤에 서야 한다. 욕상민 欲上民
필이언하지 必以言下之 욕선민 欲先民 필이신후지 必以身後
之"(173쪽)

지도자가 국민을 어떻게 대해야 하는지를 이토록 간명하게
보여주는 경우는 흔치 않다. 인민대중 위에 군림하는 무소불위

(無所不爲)의 권력자가 아니라, 그들을 섬기고 배려하는 지도자의 모습 아닌가. 이미 2500년 전에 정치의 본령을 통찰하였던 사상가의 면모가 약여하다. 이런 구절과 만나면 대한민국의 민망하고 우쭐대는 숱한 정치가들이 줄줄이 다가온다.

『도덕경』 제3장의 "상사민 무지무욕(常使民 無知無欲)", 즉 "백성을 언제나 아는 것도 없고 욕심도 없게 만들라"(789쪽)는 구절로 인해 노자를 우민사상의 주창자로 오해하는 수가 있다. 하지만 노자의 핵심은 백성의 욕심을 최소로 하고, 그것에 기초하여 소박한 생활을 하라는 것이다. 욕심이 백성을 타락과 방종의 길로 인도한다는 것이 노자의 생각이었다. 지도자도 지나친 욕망을 버리고 소박하게 살아야 한다고 그는 생각했다.

공자의 정치관

공자의 사상을 관류(貫流)하는 핵심개념은 '충서(忠恕)'다. '서'를 먼저 풀어보면 "기소불욕 물시어인(己所不欲 勿施於人)"(『논어』, '안연 편')으로 표상된다. "내가 하고자 하지 않으면 남에게도 베풀지 마라"는 뜻이다. 왜 그런가. "내가 좋아하고, 하고 싶어 하는 일은 남도 좋아하고, 내가 싫어하고 꺼리는 일은 남들 또한

싫어하고 꺼리는 일이기 때문이다."(291쪽)

'충'은 여기서 훨씬 멀리 나간다. "기욕립이립인(己欲立而立人) 기욕달이달인(己欲達而達人)"(『논어』, '옹야 편'). 풀이하자면 "자기가 서고자 하면 남도 세우고, 자기가 통달하고자 하면 남도 통달하게 하라." '서'가 소극적이고 수동적인 자세를 내세운다면, '충'은 적극적이고 진취적이며 활달한 기상과 실천의지를 내세운다고 할 것이다.

'충서'에 기초하여 공자는 명분을 유난히 강조하였다. 본보기를 하나 들어본다.

"명분이 바르지 못하면 말이 이치에 맞지 않고, 말이 이치에 맞지 않으면 일이 이루어지지 못한다. 일이 이루어지지 못하면 예약(禮樂)이 일어나지 못하고, 예약이 일어나지 못하면 형벌(刑罰)이 제대로 시행되지 못한다. 형벌이 제대로 시행되지 못하면 백성이 손발을 둘 곳이 없어지게 된다."

(355쪽, 『논어』, '자로 편')

유가에서 명분을 중시한 연유가 확연히 드러나는 대목이다. 백성을 다스리는 근본으로 명분을 생각한 것이다. 여기에 덧붙여 공자는 아주 간명하게 말한다. "군군(君君) 신신(臣臣) 부부(父父) 자자(子子)"(『논어』, '안연 편'). "임금은 임금다워야 하고, 신하는 신하다워야 하며, 아비는 아비다워야 하고, 자식은 자식다워야 한다." 무엇이 더 필요한가.

글을 마치면서

대한민국에서 노자는 물론 공자나 맹자도 시대착오적인 대상으로 지목된 지 오래다. 어떤 강퍅한 이는 『공자가 죽어야 나라가 산다』는 주장으로 혹세무민(惑世誣民)하기도 하였다. 바야흐로 백가쟁명, 백화제방의 시대인 것처럼 보이지만 실상은 그렇지 않다. 미국을 선두로 한 서양 이데올로기와 생활방식의 범람이 전통사상과 문화와 영혼을 파먹고 있다.

1446년 세종이 '한글'을 반포한 이후로도 우리의 주요한 문자와 언어생활은 한자와 한문에 기초하였다. 이른바 문학, 사학, 철학은 물론이려니와 각종 공문서와 기록물은 한문으로 생산되고 보급되었다. 오늘날 한문이나 한자는 어떤 외국어보다 찬밥 신세를 면하지 못하고 있다. 어렵다고 한다. 낡았다고 한다. 불필요하다고 입을 모은다. 과연 그런가.

미래학자들의 주장이 아니더라도 2030년 이전에 중국은 세계최강의 자리에 올라설 것이다. 그때 가서 우리 어린 것들은 다시 중국어와 한문과 한자 열풍에 시달려야 할 것인가. '아뢴지'와 '어뢴지' 사이에서 헤매면서도 그것을 자랑스레 여기는 어리석고 정신 나간 어른들 등쌀에 등이 휘는 어린 것들에게 다시 돌을 던질 것인가. 유구한 문화전통과 속절없이 작별한 한 세대 이전의 혼란을 반복할 것인가.

『왼손에 노자 오른손에 공자』는 많은 것을 생각하도록 인도한다. 일찍이 등소평이 '흑묘백묘론'으로 일갈했듯이 그들은 자본주의든 사회주의든 필요하면 가져다 썼다. 이른바 실용의 핵심은 그런 것이다. 인민을 배불리는데 이념이 중요하지 않다고 본 것이다. 그러나 중국사상과 전통의 고갱이는 지키고 있다. 그것의 일부를 이 서책에서 확인할 수 있다.

『수의 신비』: 숫자에 담긴 비밀과 진실을 찾아서

글을 시작하면서

에스파냐 세비야의 대주교였던 성(聖) 이시도루스(560년-636년)는 오늘날의 백과사전에 해당하는 『어원사전(語源事典) : Etymologiarum seu Originum libri』을 남겼다. 20권으로 이루어진 방대한 저작에서 그는 수학·의학·역사 등을 폭넓게 다루었다고 한다. 그가 저작에 남긴 유명한 말이 있는데, 그것은 오늘날에도 충분히 음미할 만하다.

"모든 것에서 수(數)를 없애보라. 그러면 모든 것이 사라질 것이다."

잠시 생각해 보시라. 수를 빼놓고 생각할 수 있는 것이 무엇이며 또한 얼마나 되겠는지. 우리를 둘러싸고 있는 크고 작은 관계와 사건 그리고 사유의 전면과 배면(背面)에는 언제나 수가 자리한다. 수라는 개념을 제외한다면 세상은 그야말로 아수라장이 되고 말 것이다. 왜냐하면 세상의 모든 것이 수로 규정되고, 정리되며, 배열되어 있기 때문이다.

수는 단지 '수'나 '숫자'로만 존재하지 않는다. 그것은 철학이나 물리학, 화학과 생물학 등과 같은 분과학문과 긴밀하게 결합한다. 또한 『다빈치 코드』 같은 소설에서 수는 '피보나치' 수열로 등장하여 지적인 긴장과 흥미를 선사한다. 우아크냉의 저작 『수의 신비』는 수의 여러 가지 면모를 제시함으로써 독자에게 다채로운 정보와 재미를 선물한다.

서책의 구성과 골자

『수의 신비』는 모두 4부로 이루어져 있다. 제1부 '숫자'는 서책의 부제 '근대 숫자의 탄생과 변천'이 명시하듯 숫자의 기원에서 출발한다. 우선, 기원전 3세기에서 9세기까지 인도에서 어떻게 숫자가 태어났는지 추적한다. 그것을 바탕으로 9세기부터 12세기까지 어떻게 인도숫자가 아랍세계를 거쳐 기독교가 지배하는 서구에 도달했는지 조명한다.

제2부 '여러 가지 수'에서 지은이는 무엇보다도 피타고라스와 '피타고라스학파'에 중점을 두고 논의를 지속한다. "만물의 근원은 수"라고 주장한 피타고라스학파는 기원전 5세기 무렵 전성기를 맞이한다. 그 시기 피타고라스학파에는 히포크라테스, 데모크리토스, 파르메니데스, 제논, 히피아스 등과 같은 쟁쟁한 학자들이 포진하였다고 한다.

제3부 '여러 형태들'의 부제는 '마법진과 부적들'이다. 제목에서 알 수 있듯이 지은이의 관심은 수에 내재되어 있는 신비주의다. 고대 중국의 마법진과 파우스트의 마법진 그리고 화가 알브레히트 뒤러의 『멜랑콜리아』에 나타난 마법진까지 동원한다. 또한 연금술과 부적을 통하여 숫자에 들어있는 비의와 더불어 기하학의 어원까지 추적한다.

제4부는 부록으로 서책 『수의 신비』에 담겨있는 각종 용어들과 인명을 자상하게 풀이한다. 또한 다섯 쪽에 걸친 참고문헌과 일곱 쪽에 이르는 주석을 덧붙임으로써 저작을 보다 풍부하고 쉽게 이해하도록 인도한다. 하지만 필자는 이런 순서와 무관하게 『수의 신비』에서 골자를 추출하여 재미있고 유익하

며 흥미로운 서술을 시도하고자 한다.

수수께끼 같은 수 '0'에 대하여

명수법(命數法)의 기초는 0에서 시작하여 9로 끝나는 열 가지 숫자다. 만일 여기서 0이 빠진다면 분명히 엄청난 혼란이 일어날 것이다. 그도 그럴 것이 1001과 11은 얼마나 커다란 차이가 있는가. 『수의 신비』를 지은 랍비이자 철학자 우아크냉은 숫자 0이 존재하기 위한 철학적 기초를 다음과 같이 말한다.

> "0을 발견하기 위해서 '공백(空白)'이란 개념을 수용할 수 있는 사상이 있어야 한다. 산스크리트어에는 이런 단어가 있었다. '슈냐 shunya'는 '공백'이면서 '부재'를 뜻한다. 이 단어는 몇 세기 전부터 인도의 삶과 문화에서 종교와 신화적 사고의 핵심적인 내용이었다." (88쪽)

우리는 여기서 『반야바라밀다심경』에 나오는 '색즉시공 色卽是空'이나 '공즉시색 空卽是色'을 어렵지 않게 떠올릴 수 있다. 존재하는 것과 존재하지 않는 것, 눈에 보이는 것과 보이지 않는 것, 보이되 보이지 않는 것의 경계를 무너뜨리는 기막힌 변증법적인 개념 말이다. 이런 생각은 노자의 『도덕경』에서도 여실히 드러난다.

"天下萬物生於有 有生於無 천하만물생어유 유생어무 천하만물은 유에서 생겨났으나, 유는 무에서 생겨났다."

(『도덕경』, 40장)

그러나 기독교가 지배하고 있었던 중세 유럽에서 '비어있다'거나 '존재하지 않는' 것의 개념을 이해하거나 수용하는 것은 불가능한 일에 가까웠다. (동양화와 서양화의 차이를 생각해보시라.) 지은이는 그런 상황이 유럽에 0이 뒤늦게 도입된 원인이라고 생각한다.

"중세는 기독교 신학, 즉 신이 하늘과 땅을 가득 채우는 충만의 신학이 유행하던 시대였다. 따라서 인도와 달리 공(空)과 무(無)라는 개념이 들어설 자리가 전혀 없었다. 그래서 0은 사람들을 두려움에 떨게 하였다. 그 시기에는 0에 대하여 생각하고, 그것을 수용한다는 것이 불가능하였다. 정신적으로 그럴 만한 준비가 되어 있지 않았다." (146-147쪽)

인도에서 생성되어 아랍세계, 특히 바그다드의 지적인 풍토에서 성숙한 수학과 숫자 0이 유럽에 자리 잡는 시기는 피보나치가 『산반서 Liber Abaci』를 저술하였던 1202년 무렵에야 가능했다고 우아크냉은 주장한다. 피보나치의 말을 들어보자.

> "아홉 개의 인도 숫자는 9,8,7,6,5,4,3,2,1이다. 따라서 이 새로운 아홉 개 숫자와 아랍어로 'zephirum'이라 (어떤 원고에는 'cephirum'이라는 이름이 붙어 있다.) 불리는 0이라는 기호를 가지고 사람들이 원하는 모든 수를 표기할 수 있다." (160쪽)

중세아랍과 유럽의 학문 그리고 숫자

중세 바그다드에는 '바이트 알히크마 Beit alHikma', 즉 '지혜의 전당'이라는 교육기관이 있었다. 그런데 9세기에 바그다드에 들어온 책들 가운데 아랍어로 써진 것은 하나도 없었다. 그리하여 '지혜의 전당'에는 각 분야의 전문가들로 이루어진 최고의 번역진이 있었다고 한다. 그도 그럴 것이 그들은 과학과 철학 관련서적을 번역해야 했기 때문이다.

무엇보다도 그리스 학자들의 책을 번역하는 것이 급선무였

다. 유클리드, 아르키메데스, 아폴로니우스, 디오판토스 등의
저서가 주로 번역되었다. 그리고 아리스토텔레스의 모든 저작
이 번역되었으며, 프톨레마이오스와 같은 지리학자, 히포크라
테스와 갈레노스 같은 의학자, 헤론 같은 기계학자들의 저서도
아랍어로 번역되기에 이르렀다고 한다.

유럽이 암흑기를 지나고 있는 동안 아랍세계는 고전 그리스
의 풍요로운 지적 전통을 이어받음으로써 거대한 지식창고 구
실을 했던 것이다. 이 시기에 인도의 숫자가 아랍세계로 이주
해왔다고 우아크냉은 지적한다.

"번역의 열기에 사로잡혀 천문학과 수학을 포함하는 인도
서적들이 다량으로 바그다드에 수입되었다. 인도에서 바그다
드로 지식의 대이동이 시작되었는데, 이것이 숫자의 첫 번째
장거리 여행이었다." (105쪽)

반면에 13세기가 되어서야 비로소 본격적인 대학교육을 시
작한 유럽은 세 가지 단계를 거쳐 인도-아라비아 숫자와 대면
한다. 그것은 훗날 교황 자리에 올랐던 제르베르 도리야크(938-
1003)가 도입한 새로운 계산기(아바크)와 십자군원정(1096-1270) 그
리고 그리스와 아랍 및 인도 서적들의 라틴어 번역에 기초한다

고 지은이는 말한다.

그런데 흥미로운 사실은 유럽에 숫자가 자리를 잡은 다음 숫자의 꼴이 갖춰지고 널리 보급되기 시작한 데에는 인쇄술 발명이 크게 도움이 되었다는 점이다.

"숫자가 완전히 정착하고 난 다음 형태를 갖추는데 기여한 것은 인쇄술, 특히 인쇄업자들의 노력으로 이루어진 글자꼴의 창조였다. 그리하여 숫자들은 인도식 꼴이나 아라비아 숫자의 꼴을 잃어버리고 현대숫자의 꼴을 갖추게 되었다. 인쇄술이 공식적으로 인정된 1492년 무렵 아라비아 숫자가 오늘날의 모양과 거의 같은 꼴을 갖추었다." (163-165쪽)

피타고라스(기원전 582-497) 그리고 탈레스(기원전 624-546)

『수의 신비』는 우아크냉의 자유자재한 서술과 폭넓은 지적 (知的) 토양이 독자에게 흥미를 배가한다. 지은이는 더러 동서양을 가로지르며, 때로는 들쭉날쭉하게 시간을 요리한다. 그러므로 일목요연한 독서를 바라는 사람은 혼란스러울 수 있으나,

풍요로운 앎을 희망하는 독자에게 그는 유쾌한 안내자인 셈이다. 우아크냉은 특히 피타고라스를 중시한다.

철학이란 용어를 피타고라스가 만들어냈다고 그는 강조한다. 그리스어로 '사랑하다'를 뜻하는 단어 'philein'과 '지혜'를 뜻하는 'sophia'가 결합하여 만들어진 단어 철학! 그것을 사람들은 대개는 '지혜의 사랑'으로 이해하지만, 후설과 하이데거의 제자였던 프랑스 철학자 레비나스는 철학을 '사랑의 지혜'로도 이해해야 한다고 주장했다.

피타고라스는 수를 세 가지 범주로 분류하였는데 완전수, 초월수, 그리고 불완전수다.

"완전수는 가장 특별한 뜻을 가지고 있으며, 매우 희귀한 수로 약수의 합이 그 자신과 같은 수를 일컫는다. 0과 1,000 사이의 완전수는 6, 28, 496의 세 개다. 약수의 합이 그 자신보다 큰 수가 초월수인데, 최초의 초월수는 12다. 그리고 약수의 합이 그 자신보다 작은 경우가 불완전수이며, 최초의 불완전수는 10이다." (255-256쪽)

사람들은 탈레스에게 역사상 '최초의 수학자'라는 명예로운 이름을 부여한다. 왜냐하면 그는 세상에 있는 모든 원에 관심을 가졌고, 원의 본질 자체에서 유래하는 진리를 찾으려 했기 때문이다. 이런 사실에서 알 수 있듯이 탈레스는 수 자체에 전념한 사람이 아니라, 오히려 기하학에 남다른 관심을 가진 수학자였다.

> "탈레스의 주된 관심은 기하학적인 형태인 원, 직선, 삼각형이었다. 그는 각(角)을 완전한 수학적인 실체로 생각한 첫 번째 사람이었다. 기하학에서 이미 알려져 있던 길이, 면적, 부피의 세 가지 항목을 연결하여 기하학의 네 번째 항목인 각을 하나의 수학적 실체로 만들어낸 사람이 탈레스다."
>
> (394쪽)

피타고라스나 탈레스는 소크라테스가 말한 '항상적인 진리'를 찾아 평생을 바친 수학자이자 철학자였다. 그들은 어떤 상황과 어떤 조건에서도 우리가 '공리(公理)'라고 받아들일 수 있는 진리를 추구했다. 그리하여 우리는 유명한 '피타고라스의 정리'나 '원과 지름의 관계'에 대한 탈레스의 발견에 탄복하게 되는 것이다.

맺음말

아침저녁으로 만나는 무수한 숫자들의 행렬을 생각한다. 밤
하늘에 떠있는 수많은 별을 헤아리다 잠들어버린 어린 시절을
반추(反芻)하기도 한다. 하지만 오늘날 숫자나 수학은 우리 사회
에서 매력적인 존재로 수용되지 않는다. 이미 중·고등학교에
서 수학은 기피대상 1호로 낙인찍힌 지 오래며, 방계학문인 물
리학과 화학도 비슷한 처지다.

하지만 서양 근대철학의 문을 열었던 스피노자나 파스칼은
모두 수학자였다. 근대수학의 기수였던 아이작 뉴턴은『자연철
학의 수학적 원리: 프린키피아』(1687)에서 우주운항의 법칙을
숫자와 수학으로 간단명료하게 정리하였다. 20세기의 최고 물
리학자로 칭송 받았던 리차드 파인만은『재미있는 여섯 가지
물리 이야기』에서 이렇게 말한다.

> "우리들이 가지고 있는 모든 경험과 직관은 거시적인 세계
> 를 바탕으로 형성되었기 때문에 미시적인 세계를 이해하지 못
> 하는 것은 너무나도 당연한 일이다. 우리는 커다란 물체들이
> 어떻게 움직이는지 잘 알고 있지만, 미시세계의 사물들은 결
> 코 그런 방식으로 움직이지 않는다. 그래서 이 분야의 학문을

배울 때에는 기존의 경험적 지식을 모두 떨쳐버리고 다소 추
상적인 상상의 나래를 펼쳐야 한다."

이런 추상능력과 학문자세를 가지고 수학과 숫자를 대하면
어떻겠는가! 그리 된다면 우리가 살아가는 복잡다단한 21세기
세계이해에 조금은 도움이 되지 않겠는가?!

『교양, 모든 것의 시작』: 파렴치한 대선 출마자들에게

글을 시작하면서

2007년 11월 하순 '역동적인 대한민국'은 비상이다. 나라의 기강은 땅에 떨어졌고, 다수 민중은 각자도생(各自圖生)에 열을 올리고 있다. 대선을 눈앞에 둔 정파들은 사생결단의 자세로 두 눈에 핏대를 올리고 있다. 새로운 소식을 전하는 어떤 방송사도 단 하나의 미담(美談)도 전하지 못한다. 언제부터 이렇게 각박하고 모진 세상이 되었는지, 안타깝고 우울하다.

정윤재 비서관을 필두로 한 권부(權府)의 비리는 변양균-신정

아 사건으로 이어지면서 세간(世間)의 관심을 증폭시켰다. 뒤이어 폭로된 '삼성' 비자금 사건은 부의 부도덕한 대물림에 관대한 남한사회의 어처구니없는 허점을 세계에 알리는 계기가 되었다. '비리(非理) 백화점'으로 자타가 공인하는 공당(公黨)의 후보가 40%를 넘나드는 지지율을 자랑하는 지구 유일의 반주변부 국가.

그런 후보를 맹공하면서 틈새시장을 노리고 무소속으로 출마한 '차떼기' 원조의 비리 수괴 이회창 후보의 등장은 차라리 희극이다. 하지만 그가 출마의 변으로 밝힌 대목 하나는 폐부를 날카롭게 찔러온다. 법치가 땅에 떨어지고, 수단과 방법을 가리지 않고 돈을 벌려는 천민자본주의에 대한 경고가 그것이다. 어쩌다가 이 지경까지 이르렀단 말인가.

『교양, 모든 것의 시작』의 출간배경과 구성

1995년 보스턴과 뉴욕에서 출간된 웹스터 사전의 'culture' 항목 제4번과 5번에 '교양'에 관한 설명이 있다. "교육을 통하여 사회적, 도덕적, 지적인 능력을 발전시키는 행위." 그리고 "미학적 훈련으로 형성된 고도의 세련과 취향." 전자는 교육에,

후자는 훈련에 방점이 찍혀 있다. 교육과 개인적인 노력의 중첩(重疊)이 만들어내는 결과물이 교양이라는 것이다.

얼마 전 국내에 출간되어 경종을 울리는 서책 『교양, 모든 것의 시작』은 다채로운 문제제기로 독자들의 흥미를 자극한다. 이 서책에는 세 사람의 공동저자가 있다. 재일조선인 2세이며 동경 경제대학교 교수 서경식. 시카고대학교 인문학부 동아시아 언어학과 교수 노마 필드 아흔을 바라보는 나이에도 왕성한 문필활동을 자랑하는 카토 슈이치.

『교양, 모든 것의 시작』은 2004년부터 동경 경제대학교가 마련한 '21세기 교양 프로그램'의 일부로 구상되어 빛을 보았다. 그것의 취지를 머리말에서 서경식은 "공생과 공존이 가능한 세상을 만들기 위한 기본적인 인문교양을 습득하기 위한 것"이라고 밝힌다. 그것을 위해 노마 필드와 카토 슈이치를 초청하여 특별강연회를 베풀었다고 한다.

서책은 그런 연유로 세 사람의 생각을 중심으로 엮인 것이다. 『교양, 모든 것의 시작』은 제1부 '왜, 지금 교양인가', 제2부 '교양의 재생을 위하여', 제3부 '전쟁과 교양', 제4부 '교양은 무엇을 해결할 것인가', 제5부 '현대의 교양이란 무엇인가'로 구성되어 있다. 책의 순서와 무관하게 교양을 바라보는 세 사람의 관점을 중심으로 서책을 살펴보도록 한다.

서경식이 바라보는 교양

『교양, 모든 것의 시작』을 구상하고 펴낸 인물은 서경식이다. 그는 1980년대 야만적인 전두환 정권시절 간첩으로 몰려 혹독한 고문에 시달리고 투옥되어 죄 없이 옥살이해야 했던 서준식과 서승의 동생이다. 그는 성공회대학교 연구교수로 국내에 머물면서 집필과 강연에 몰두하고 있다. 『나의 서양미술 순례』와 『디아스포라 기행』 등의 저술을 남겼다.

제1장과 5장을 집필한 그는 교양에 특별한 의미를 부여한다. 인간의 기계화와 야만화의 속도가 파죽지세(破竹之勢)로 질주하고 있다고 주장하면서 그는 교양을 통한 인간의 저항을 말한다. 그가 말하는 저항은 단지 승리만을 지향하는 저항이 아니기에 더욱 설득력이 있다.

> "인간은 승산이 있을 때에만 저항하는 존재가 아니다. 승산 없는 저항이 무의미하고 쓸모없는 것도 아니다. 저항이 목적이고, 저항을 통해 스스로를 인간적으로 더욱 풍요롭게 만드는 것이 목적이라면, 저항은 결코 무의미하지 않다." (12쪽)

그는 지는 것이 예정된 투쟁이라 하더라도 순순히 복종하는 인간이 아니라, 끝까지 분투노력하는 인간을 추구한다. 그것은 인간적인 가치와 존엄성을 높이는 투쟁과 저항이야말로 인간을 풍요롭게 하고 다가올 날들에 대한 희망이라고 확신하기 때문에 가능하다. 현재진행 중인 과도한 비인간화와 신자유주의에 대한 강력한 저항을 주창하는 것이다.

"자유인이 되기 위하여 교양이 필요하다"면서 서경식은 교양의 뿌리와 넓이를 통찰한다.

"타자의 시선을 통해 부단히 자신을 반추하는 반복 속에서 교양이 벼려지고 배양되는 이상적인 모습을 현대의 인문교양에서 찾고자 한다. 교양은 남보다 더 많은 밥을 차지하는 데에는 아무 도움도 되지 않는다. 하지만 내가 받고 있는 고통을 보다 크고 넓은 세상과 역사에서 들여다볼 수 있다. 교양이란 내가 처한 위치를 폭넓게 파악함으로써 안팎을 볼 수 있는 것이어야 한다." (181-208쪽)

그는 지금과 여기에 함몰되지 아니하고, 통시적이며 공시적인 역사 안에서 자아와 세계를 살피는 강력한 도구로 교양을 설파한다. 그것은 무엇보다도 삶의 근본적인 목적과 생활방식에 대한 문제를 던지며, 그것에 대한 답변을 촉구한다. 삶의 방향을 스스로 결정하고 제어하는 능동적이며 주체적인 운전자로 자아를 설정하도록 인도하는 교양 말이다.

카토 슈이치가 생각하는 교양의 의미

카토 슈이치는 1919년 동경에서 태어나 1943년 동경의대를 졸업했다. 『일본 문화사 서설』로 유명한 그는 거의 모든 부문에 대한 비평가이자 작가로 이름이 높다. 리쓰메이칸 대학의 국제 관계학부 객원교수인 그는 『전후세대의 책임』, 『시대를 읽는다: 민족, 인권재고』와 24권의 『카토 슈이치 저작집』 등을 남긴 다작(多作)의 저술가이기도 하다.

오늘날 고전에 기초한 인문교양이 죽어가고 있다고 진단하면서 그는 그 까닭을 두 가지로 명쾌하게 설명한다.

"첫째로, 고전은 직업이나 기술에 직접적이고 실용적인 도움을 주지 않는다. 고전은 요즘 일종의 사치로 간주되어 유한계급의 지적인 도락으로 전락하고 말았다. 둘째로, 민주적이고 선진적인 나라들에서 대중화된 고등교육이 교양주의를 무너뜨리도록 작동한다. 구체적인 직업과 직결된 실용적인 능

력을 연마하려는 욕구가 강해지기 때문이다."(40-43쪽)

목전의 이해관계와 결과를 중시하는 사회에서 고전과 인문 교양은 설 땅이 없어져 버렸다는 것이다. 존재의 궁극적인 목적을 사유하지 않는 인간과 사회가 치달려가는 능률과 성과 지상주의가 만들어낸 살풍경한 결과다. 따라서 과학적 성과에 비하여 현저하게 떨어지는 인문학의 성과와 그에 따른 예산축소가 인문교양의 위기로 이어진다고 그는 진단한다.

이런 사유에 기초하여 카토 슈이치는 교양인으로 갖추어야할 몇 가지 화두를 말한다.

"첫 번째는 자유. 자유가 없다면, 책임도 성립하지 않는다. 시민의 자격을 갖추기 위해서는 자유와 책임이 필수적이다. 두 번째는 상상력. 1968년 프랑스 5월 혁명의 구호는 '상상력에 권력을! 금지하는 것을 금지한다!' 없애야 할 화두는 차별. 나는 능력의 차이는 인정하지만, 지구상의 모든 차별에는 철저하게 반대한다."(50-55쪽)

명치유신의 일본헌법에서 개인은 시민이 아니라 신민(臣民)이 었다. 신민에게는 자유가 없고, 자유가 없는 신민은 복종만 있을 뿐 책임은 없었다. 신민은 교양인이 될 자격도 없다는 것이다. 그는 "보편적 이성, 인권, 휴머니즘과 같은 가치를 견인(牽引)하지 못하는 교양이 무슨 의미가 있는가?"(115쪽)라고 주장함으로써 교양의 보편적 가치와 유용성을 주창한다.

노마 필드는 교양을 어떻게 보고 있는가

서책 『죽어가는 천황의 나라에서』를 통하여 한국 독자에게도 친숙한 노마 필드는 수잔 손탁 이후 미국을 대표하는 여성 지성인이다. 그녀는 1947년 미국인 아버지와 일본인 어머니 사이에 태어난 일본문화와 문학 전문가다. 그녀는 무엇보다도 미국이 도발한 각종 전쟁에 대한 강력한 반감을 조금도 감추지 않는다. 그녀는 대놓고 말한다.

> "미국의 이라크 침공은 미국 교양교육의 실패를 의미하는 것이 아닐까요?"(65쪽)

시카고 노숙자의 75-80%가 베트남 전쟁에 참가한 재향 군인들이고, 요즘 노숙자들은 걸프전에 참전한 병사들이라고 노마 필드는 말한다. 미국에서 베트남 전쟁을 격렬하게 반대한 이면

(裏面)에는 중산층 출신 대학생들이 대거 징집되었기 때문이라고 지적하면서 그녀는 오늘날 중산층에 속한 미국인들의 조급하고도 불안한 일상을 선명하게 각인한다.

> "언제나 불안에 쫓기고 시달리면서 더 빨리, 더 멋있게, 더 많이 무엇인가를 가지지 못하면 사회에서 낙오되는 것이 아닐까 불안해하며 초조한 나날을 보내는 것이 중산계급의 현실이 아닐까?"(80쪽)

이런 정신적인 불안과 공황을 극복하는 방안의 하나로 그녀는 교양을 제시한다. 정신생활과 물질생활을 어떻게 하면 창조적으로 관계 맺게 할 수 있을까, 하는 문제를 숙고해야 한다고 노마 필드는 힘주어 말한다. 다채롭고 풍부한 교양의 구체적인 일상화와 실천만이 물질 제일주의와 시장 만능주의의 견고한 벽을 돌파할 수 있는 무기라는 것이다.

글을 맺으면서

『교양, 모든 것의 시작』에서 지은이들이 말하는 현대사회의 위기는 비단 미국이나 일본의 문제만이 아니다. 우리는 아침저녁으로 각종 비리와 문제로 얼룩진 한국사회의 어두운 모습들과 대면한다. 그것의 본보기를 들자면 한이 없을 게다. 그런 문제는 어쩌면 전 세계가 당면하고 있는 문제일 터다. 그런 까닭에 교양의 의미와 가치가 더 빛나는 것이다.

우리는 조선시대 제왕보다 훨씬 커다란 물질적 편의와 배부름을 누리고 있다. 한겨울에 반팔 차림으로 아파트 거실을 오가고 있는 당신 모습을 생각해 보시라. 따뜻한 욕조에서 편안하게 반신욕을 하고 있는 당신은 세종임금보다 큰 호사(豪奢)를 즐기고 있는 것이다. 그러니 이제 조금만 생각해보자. 우리는 왜, 무엇을 위하여, 그리고 어떻게 살고 있는지.

대한민국과 분단된 민족의 장래를 '지금'과 '여기'라는 시공간 속에서 지탱하고 있는 21세기 초 우리를 돌아보자는 말이다. 나와 가족의 범주만이 아니라, 이웃과 세상이라는 넓은 울타리를 떠올려보면 어떤가. 단돈 5천원 벌이를 위하여 한겨울 거리로 나가서 폐지를 모으는 노인들을 보시라. 그리고 삼성에서 정기적으로 뇌물 받은 검사들을 생각해 보시라.

이것은 또 어떤가. 수많은 비리를 저지른 범죄자들이 너도나도 대통령 하겠다고 큰 소리 치는 기막힌 세상이라니. 그런 자들을 떠받들고 지지하는 우리들은 또 누구란 말인가. 소박한

꿈을 가진 사람들이 오순도순 살아가는 그런 세상을 꿈꿔보면 안 되겠는가! 부도덕하고 파렴치한 인간들이 주인 행세하는 뒤집힌 세상과 이제 그만 작별하면 어떻겠는가!

『남한산성』: 전란을 바라보는 엇갈린 시각

임진왜란(1592-1598)이 끝나고 30년이 채 되기도 전에 일어난 정묘호란(1627). 두 전란 사이에 일어난 사건이 이른바 인조반정(1623). 몰락해가는 명나라와 신흥강국 후금(청나라) 사이에서 중립외교를 펴던 광해군을 옥좌에서 몰아낸 사건이다. 인조와 그 휘하가 위화도 회군으로 조선을 건국한 이성계와 정반대의 길을 걸었다는 사실이 주목할 만하다.

쓰러져가는 원나라를 끝까지 받들려고 요동정벌을 주장한 최영 무리에게 반란의 칼날을 들이댄 이성계. 그가 내세웠던 요동정벌 불가(不可)의 첫 번째 근거는 "작은 나라가 큰 나라를 거스르는 일은 불가하다"는 것이었다. 회군(回軍)으로 이성계는 고려의 숨통을 자르고, 조선의 태조가 되었다. 대륙의 주인이 바뀌는 시점에 반도의 역사도 크게 요동쳤다는 말이다.

　김훈의 신작소설 『남한산성』은 음력 1636년 12월 14일부터 이듬해 2월 초까지 일어난 병자호란을 담아낸다. 전작(前作) 『칼의 노래』와 달리 『남한산성』에서 우리는 치열하고 강렬한 작가의 목소리를 만나지 못한다. 그는 여러 걸음 물러서 있다. 거리를 두고 그 시기와 인물들과 사건을 추적한다. 따라서 소설은 담담하고 더러는 밋밋한 느낌마저 전달한다.

병자호란을 바라보는 조선임금과 신하들

　정묘호란 당시 인조는 서울을 버리고 강화도로 파천(播遷)한 전력이 있다. 마치 선조가 한양을 버리고 의주로 내뺐던 것과 똑같이. 그리고 병자년에 다시 임금은 강화도로 줄행랑치려 한다. 역사에서 아무것도 배우지 못한 군왕과 그를 보좌하는 신하들의 옹색함이 작품 첫머리부터 모습을 드러낸다. 예조판서 김상헌은 원임대신이자 형인 김상용의 급서를 받는다.

"적들이 이미 서교(西郊)에 당도하였고, 조정은 파천하였다. 어가(御駕)는 남대문에서 길이 끊겨 남한산성으로 향하였다. 세자는 상감을 따랐다. 나는 빈궁(嬪宮)과 대군을 받들어 강화로 간다. 그리 되었으니 그리 알라. 그리 알면 스스로 몸 둘 곳 또한 알 것이다. 참혹하여 무슨 말을 더 하겠는가. 다만 당면(當面)한 일을 당면할 뿐이다." (『남한산성』, 39쪽.)

길지 않은 서찰(書札)에서 독자는 급박하게 돌아가는 당대의 정세를 단박에 알아차린다. 소설에서 작가는 세 사람의 문신을 통해 병자호란을 대하는 조선의 고관대작들 모습을 드러낸다. 백제시조 온조(溫祚)를 모시는 사당에 제사 드리는 장면에서 이런 정황은 선명하다. 영의정 김류가 초헌(初獻)을, 이조판서 최명길이 아헌(亞獻)을, 그리고 김상헌이 종헌(終獻)을 올린다.

"김류의 환영 속에서 흙에 박힌 성 뿌리가 뽑혀 허공으로 떠오른 남한산성이 태고 속으로 사라지는 온조의 혼령을 따라가고 있었다. 남은 날들이 며칠일까 생각하면서 김류는 천천히 무릎을 꿇었다." (236쪽.)

"왕조가 쓰러지고 세상이 무너져도 삶은 영원하고, 삶의 영원성만이 치욕(恥辱)을 덮어서 위로할 수 있는 것이라고, 최명

길은 차가운 땅에 이마를 대고 생각했다. 그러므로 치욕이 기다리는 넓은 세상을 향해 성문을 열고 나가야 할 것이었다."

(236쪽.)

"모든 환란의 시간은 다가오는 시간 속에서 다시 맑게 피어나고 있으므로, 그 새벽의 시간은 더럽혀질 수 없고, 다가오는 그것들 앞에서 물러설 자리는 없었다. 이마를 땅에 대고 김상헌은 그 새로움을 경건성이라고 생각하고 있었다." (237쪽.)

김류는 목전에 닥친 패망을, 최명길은 치욕을 딛고 일어서는 미래의 가능성을, 김상헌은 옥쇄(玉碎)를 각오한 결사항쟁을 생각한다. 그런데 인조가 대신들의 이런 생각 모두를 품고 있다는 사실이 흥미롭다. 인조는 청에 맞설 군병을 모으는 격서(檄書)를 내는 한편, 화친사절로 최명길을 은밀하게 적 진영으로 파견한다. 약소국 군주의 변증법적인 모습이 악여하다.

전쟁을 바라보는 정복자 청 태종

후금을 세운 누르하치의 여덟 째 아들 황타이지는 부왕이 죽자 형들을 죽이고 국호를 청으로 바꾸고 천자에 오른다. 그는 명을 옥죄고, 조선에 국서를 보내 군신관계를 요구한다.

"네가 명을 황제라 칭하면서 너의 신하와 백성들이 나를 황
제라 부르지 못하게 하는 까닭을 말하라. 또 너희가 나를 도적
이며 오랑캐라 부른다는데, 네가 한 고을의 임금으로 비단옷
을 걸치고 기와지붕 밑에 앉아서 도적을 잡지 않는 까닭을 듣
고자 한다. 황제가 너에게서 비롯하며, 천하가 너에게서 말미
암는 것이냐. 너는 대답하라." (25-26쪽.)

왕자와 대신을 인질로 보내고 청에게 사대(事大)하라는 태종
의 요구를 인조는 거부한다. 그리하여 용골대를 선봉장으로 하
는 청나라 군대가 조선의 관노출신 정명수를 통역관으로 대동
하고 출병한다. 『남한산성』에서 우리는 정명수의 변신행각과
용골대의 희망, 그리고 명을 받드는 조선을 무릎 꿇리려는 태
종의 강렬한 욕망이 뒤얽히는 서사를 목도한다.

새해원단에 인조가 피난지 남한산성에서 명나라 수도 북경
을 향해 올리는 '망궐례(望闕禮)' 장면은 압권이다. 망국(亡國)으로
향하는 명을 사지(死地)에서도 예를 다해 받들고자 하는 조선
군신(君臣)들의 결연한 모습이 눈물겨운 것이다. 그런 기막힌 장
면을 태종이 '망월봉'에서 내려다본다. 대포공격을 제안하는 용
골대를 만류하는 청 태종의 심사는 적잖게 복잡하다.

"풀리는 강을 바라보면서 칸은 망월봉 꼭대기에서 내려다
본 조선행궁의 망궐례를 생각했다. 홍이포의 사정거리 안에서
명을 향해 영신(迎新)의 춤을 추던 조선왕의 모습은 칸의 마음
에 깊이 박혀들었다. - 난해한 나라로구나. 아주 으깨지는 말
자. 부수기보다는 스스로 부서져야 새로워질 수 있겠구나 -."
                                                    (276쪽.)

"말을 접지도 구기지도 말며, 말을 퍼서 내지르라"는 훈시로
태종은 문관들을 다스린다. 그가 인조에게 보낸 세 차례의 문
서에서 이런 정황이 드러나 있다. 태종은 끝내 조선과 인조를
이해하지 못했으나, 그들을 도륙하지도 않는다. 그는 성 안에
서 조선의 군신이 자진하는 것을 두려워하며, 성을 깨뜨리지
않고서 조선의 진정한 항복을 받아내고자 한다.

전란을 바라보는 백성들의 시각

『칼의 노래』에서 작가는 이순신과 선조를 통해 임진왜란을
들여다본다. 따라서 소설은 매우 집중적이고 일목요연하며, 단
단한 느낌을 준다. 반면 『남한산성』에서는 전쟁을 바라보는 상

이한 시선들이 무차별적으로 곳곳에서 번뜩인다. 전쟁을 그려내는 작가의 여러 가지 손길에 독자는 당혹감을 떨치지 못한다. 이것은 민초(民草)들의 경우에 우심하다.

소설 첫머리에서 김상헌은 송파나루 사공을 도륙(屠戮)한다. 적의 도강(渡江)을 도와주면서 목숨을 부지하려는 사공을 조선의 사대부가 용서하지 않은 것이다. 그러나 사공과 같은 생각을 가진 백성들은 곳곳에 있다. 청에 투항한 조선 정탐(偵探)들의 회유(懷柔)하는 목소리가 들린다.

"나야 나, 푸줏간 큰노미일세. 거기서 떨지 말고 삼전도로 오라구. 다 끝난 일 아닌가. 야! 늬들, 정신 차려!"(225쪽.)

국가를 부정하고 지배계급을 무시하는 모습은 청의 대군과 대치하고 있는 남한산성 안의 조선 군병들도 매한가지다. 늙고 병든 말을 잡아서 병사들을 먹일 수밖에 없는 딱한 처지의 영의정 김류를 향해 군병들이 비아냥거린다.

"영상대감도 말죽 한 그릇 드시오. 말 내장이 아주 부드럽소. 아니, 말을 잡아주시려면 살쪘을 때 잡으시지 어찌 주려서 바싹 마른 뒤에 잡으시오. 깔개를 거두어 말을 먹이시고, 또

그 말을 잡아 소인들을 먹이시니, 소인들이 전하의 금지옥엽
임을 알겠소이다."(94쪽.)

그런데 소설가가 정성들여 그려낸 대장장이 서날쇠의 형상
은 사뭇 다르다. 건강하고 지혜로운 날쇠는 주어진 천명을 묵
묵하게 받아들이며 살아간다. 전란이 닥치자 그는 아내와 아들
들을 피란시키고, 대장간을 가동하여 온갖 병장기를 단련한다.
송파나루 사공의 어린 딸 나루를 건사하고, 예조판서의 명에
따라 목숨을 걸고 격서를 전국각처로 전달한다.

> "서날쇠가 눈 위에 꿇어앉아 김상헌에게 큰절을 올렸다. 김
> 상헌이 땅에 엎드려 맞절로 받았다. 예조판서의 머리와 대장
> 장이의 머리가 닿을 듯이 가까웠다. 새가 나뭇가지를 흔들었
> 다. 엎드린 김상헌의 등에 눈덩이가 떨어져 내렸다. 김상헌이
> 일어섰다. 서날쇠가 일어섰다."(232쪽.)

날쇠의 행장에서 작가는 다가올 날들의 모습을 예견하고 있
는지도 모른다. 소설 끄트머리에서 날쇠는 나루를 쌍둥이 아들
가운데 하나와 결합시킬 생각으로 웃는다. 그들의 후예가 조선
의 민초로 건강하게 자라날 것을 작가는 믿고 있는 성싶다. 반
면에 청에 투항한 호조좌랑이나 도주한 강화 검찰사 김경징 같

은 사대부에 대한 작가의 묘사는 서늘할 만큼 담담하다.

글을 마치면서

식민지 조선의 기개 높은 시인 조지훈은 산문시 『봉황수 鳳凰愁』에서 망국의 슬픔과 약소국의 비애를 절창(絶唱)으로 노래하였다. 역사에서 아무것도 배우지 못하고 치욕을 되풀이한 조선을 돌이켜보는 시인의 흉중에 끓어오른 풍자(諷刺)가 자못 눈물겹다. '용의 나라' 중국을 끝없이 받들었던 '봉황의 나라'가 그토록 경멸하던 비천한 왜에게 나라를 빼앗기다니!

벌레 먹은 두리기둥 빛 낡은 단청 풍경소리 날러간 추녀 끝에는 참새도 비둘기도 둥주리를 마구 쳤다. 큰 나라 섬기다 거미줄 친 옥좌에는 여의주 희롱하는 쌍룡 대신에 두 마리 봉황새를 틀어 올렸다. 어느 땐들 봉황이 울었으랴만 푸르른 하늘 밑 추석(甃石)을 밟고 가는 나의 그림자. 패옥(佩玉)소리도 없었다. 품석(品石) 옆에서 정일품 종구품 어느 줄에도 나의 몸 둘 곳은 바이없었다. 눈물이 속된 줄을 모를 양이면 봉황새야 구천(九天)에 호곡(號哭)하리라.(『봉황수』 전문.)

　우리 역사는 치욕을 되풀이하면서 예까지 왔다. 숱한 전란을 겪으면서도 군왕이나 사대부 같은 지배계급은 반성이나 회한(悔恨)을 끝까지 추구하지 않았다. 그들은 매번 목숨을 구걸하며 도주했으며, 그것은 불과 두 세대 전에 일어난 6.25 전란 때에도 고스란히 되풀이되었다. 『남한산성』은 치욕과 수치를 반복한 조선의 중추(中樞)를 찬찬히 들여다본 소설이다.

　스스로를 지킬 무력도 없이 언설로만 전란을 논하고 평가하는 숱한 말들의 난무(亂舞)를 작가는 여과 없이 들춰낸다. 그 결과 『남한산성』에는 요사(妖邪)한 언어의 군무가 자못 현란하다. 말이 제구실을 못하고 허공중에 떠돌수록 민초들의 삶과 국운은 기울어만 갔다. 하여 작가는 새삼 묻는 듯하다. 오늘날 우리에게 국가는 무엇이며, 역사는 또 무엇이란 말인가?!

『지리의 힘』: 한반도는 지정학의 희생양인가?!

우리나라는 지정학적 위치 때문에 외국의 침략을 많이 받았다고 한다. 나를 가르친 교사들도 역사서도 그렇게 말하고 기술했다. 다수가 주장하는 것을 외면하거나 거부하는 것은 어렵다. 청일전쟁과 을사늑약, 경술국치 같은 침략의 현대사를 떠올리면 두말할 나위 없다. 한반도의 불리한 지정학적 위치는 공리 수준으로 굳어진 이론이다.

영국의 국제문제 전문가인 팀 마샬의 신간 『지리의 힘』은 그런 주장의 타당성을 다각도로 살피는 서책이다. 그는 25년 이상 『스카이뉴스』의 외교부문 편집장이자 영국방송협회(BBC)

기자로 활동했다. 마샬은 중동을 포함한 세계전역의 갈등과 분쟁, 정치와 종파, 민족과 역사 등을 전문적으로 취재한 저널리스트이기도 하다.

『지리의 힘』에 붙은 부제는 '지리는 어떻게 개인의 운명을, 세계사를, 세계경제를 좌우하는가'이다. 태어나면서부터 개인과 역사를 좌지우지하는 지리의 힘을 강조하는 구절이다. 하지만 나는 서책의 원제가 지은이의 사유와 인식을 훨씬 명쾌하게 드러낸다고 생각한다. 그것은 『지리의 수인(囚人)들 Prisoners of Geography』이다. 지리에 갇힌 사람들!

지은이는 한반도와 일본 그리고 중국과 서유럽, 러시아를 포함하는 유라시아 전체는 물론이려니와 미국과 라틴아메리카를 종횡으로 다룬다. 여기 더해서 아프리카와 북극까지도 서술하는 치밀함을 선보인다. 서문에서 그는 서책의 일관된 주제를 기술한다. "이념은 스쳐지나가도 지리적 요소는 그대로 남는다."(10쪽) 평화에 기초한 한반도의 새판 짜기가 한창이다. 역사적인 사건이 연일 이어지는 와중에 한반도와 세계의 지정학을 생각해보자.

중국과 미국

　한반도와 가장 밀접한 역사적-지리적 관계를 맺어온 나라 중국. 중국은 세계의 중심이라는 중화사상에 기초한다. 고대 황하유역의 좁은 영역을 두고서도 그들은 천하라는 말을 입에 달고 살았다. 『논어』나 『도덕경』, 『장자』에는 천하, 천명, 천자 같은 어휘가 빠짐없이 등장하는데, 이런 단어에 그들의 선민의식과 대국주의가 내재해있다.

　만주족의 청나라가 확보한 영토를 물려받은 현대중국은 히말라야를 사이에 두고 인도와 맞서고 있다. 동아시아의 맹주 중국과 남아시아의 보스 인도의 대결은 히말라야라는 '천연의 만리장성'(33쪽)으로 제어되고 있다. 중국은 원유 매장지이자 대규모 핵 실험장인 티베트와 신장 같은 강역(疆域)을 포기하지 않을 것이라고 마샬은 확언한다.

　태평양부터 대서양까지는 얼마나 될까? 4828킬로미터. 서울과 부산의 10배 정도다. 기독교 근본주의를 신봉하는 유럽인들이 첫발을 내디딘 후 미국은 동에서 서로 영토를 확장한다. 멕시코와 국경전쟁도 벌이지만, 돈거래로 땅을 넓히기도 한다. 미국은 1803년 미시시피 유역의 루이지애나 지배권을 프랑스에게 1,500만 달러에 구입한다.

1867년에 알래스카를 러시아에게 720만 달러에 매입한 미국은 1869년 대륙횡단철도를 완성한다. 천혜의 지리적인 이점(利點)을 가졌지만, 미국의 지도자들은 워싱턴의 퇴임연설을 진주만 전쟁이 촉발된 1941년까지 금과옥조(金科玉條)로 지킨다. "뿌리 깊은 반감 때문에 특정국가와 반목하지 말고, 어떤 나라들의 열정적인 접근에 연루되지 말며, 항구적(恒久的)인 동맹들과도 일정하게 거리를 유지하라."(71쪽)

21세기 미국의 쇠퇴를 말하는 식자들의 견해에 마샬은 동의하지 않는다. 세계최강의 경제력과 국방력, 최고의 대학을 거느린 미국을 중국이 따라잡으려면 100년은 걸릴 것이라 주장한다. 군사력과 전략적인 측면의 차이가 우심하다는 것이 그의 생각이다.

서유럽과 러시아

서유럽은 성장-발전할 수밖에 없는 지리적 조건을 가지고 있다. 서유럽에는 사막이 없고, 지진과 화산, 대규모 홍수도 드물게 일어난다. 다뉴브나 라인(Rhein)처럼 교역하기 좋은 하천을 보유하고 있다. 슈바르츠발트에서 발원하여 2,858킬로미터에 이르는 다뉴브는 18개국에 영향을 미치면서 흑해로 흘러 들어 간다. 다뉴브는 슬로바키아와 헝가리, 크로아티아와 세르비아, 루마니아와 불가리아의 자연국경이기도 하다.

유럽은 많은 산맥과 계곡, 강 때문에 수많은 민족국가들이 존재하고 천년 이상 천천히 성장했다. 『유러피언 드림』에서 리프킨은 유럽에 100개 민족과 87개 언어가 공존한다고 말한다. 지정학적 위치로 인한 유럽의 화약고는 발칸이다. 마샬은 "발칸은 유럽연합과 나토, 터키와 러시아가 경쟁하는 경제적-외교적 각축장"(103)이라고 언명한다.

우리가 아는 지구 최대국가는 1709만 평방킬로미터의 러시아다. 러시아는 11개의 표준시간대를 가지고 있으며, 한반도의 80배 가까운 면적을 차지한다. 러시아 영토의 75%는 아시아에 있지만, 아시아에 거주하는 인구는 1억 4400만 가운데 22%에 불과하다. 그런 까닭에 19세기 중반 러시아는 국가 정체성을 둘러싼 심각한 논쟁을 경험한다.

러시아의 지리적 아킬레스건은 부동항의 부재다. 러시아가 개발한 군사도시 블라디보스토크는 연중 4개월 동안 항구기능을 발휘하지 못한다. 흑해에 자리한 세바스토폴이 러시아가 보유한 유일한 부동항이다. 그러나 흑해를 벗어나 대양(大洋)으로 진출하려면 터키의 보스포루스해협과 그리스의 에게해, 포르투갈의 지브롤터해협을 통과해야 한다. 도처에서 자국의 견제세력을 관통해야 하는 어려움이 있다는 것이다.

라틴아메리카와 아프리카

아시아와 더불어 정치와 경제가 발전하지 못한 곳은 라틴아메리카와 아프리카다. 등소평이 제3세계라 칭한 지역으로 '아아아!' 하는 곡소리가 아직도 들리는 대륙이다. 라틴아메리카는 유럽의 식민주의와 노예제로 인한 험로를 걸어왔다. 1846-48년까지 멕시코는 미국과 전쟁함으로써 텍사스, 캘리포니아, 뉴멕시코, 아리조나를 상실한다.

미국은 1890년부터 냉전종식 때까지 50여 차례 남미를 침공했다. 100년 전 세계 10대 부국이었던 아르헨티나는 불공정한 사회, 허술한 교육제도, 쿠데타 등으로(215쪽) 빈국으로 전락한다. 브라질과 아르헨티나, 우루과이와 파라과이, 베네수엘라는 남미경제블록인 메르코수르(MERCOSUR)를 창립하여 오늘에 이르고 있다. 그러나 역내(域內)의 불안한 정정(政情)과 유동적인 경제, 아마존의 낮은 활용도 등이 걸림돌로 작용한다.

현대 세계에서 가장 낙후한 아프리카는 고립무원의 행로를 경험했다. "인류의 사상과 기술은 (유라시아의) 동에서 서로, 서에서 동으로 주고받으며 발전했지만, 북쪽(유라시아)에서 남쪽(아프리카)으로는 전달되지 않았다."(222쪽) 아프리카에는 대륙을 관통하는 공통의 문화가 없으며, 수천 개가 넘는 언어가 혼재한다.

56개 국가가 포진한 아프리카에는 유럽이 자의적(恣意的)으로 그은 국경선 때문에 여전히 허다한 민족갈등이 유발되고 있다. 유럽 제국주의가 획정(劃定)한 무차별적인 국경선뿐 아니라, 태생적인 자연조건도 아프리카에 호의적이지 않다. 팀 마샬의 지적을 보자.

"아프리카와 유럽의 발전 차이는 배를 띄울 수 있는 강들의 유무(有無)에서 시작된다. 아프리카에는 큰 강들이 많지만 주로 고지대에서 낙하하면서 거대한 폭포를 이루고 서로 연결되지도 않는다. 이런 조건으로 인해 아프리카의 강들은 무엇인가를 운반하는 교역로로 이용하는 데는 아무 쓸모가 없다."

(15-16쪽)

한반도의 지정학은 그렇게 불리한가?!

유라시아 대륙에서 해양으로, 해양에서 대륙으로 진출하고자 할 때 한반도가 교두보로 이용되는 바람에 한국은 수많은 외침(外侵)을 겪었다고 한다. 호사가들은 한반도가 970회 정도의 침략을 받은 것으로 기록한다. 그러나 고조선 이후 지금까지 한반도를 둘러싼 역사를 들여다보면 대규모 외세침략은 생각보다 심각하지 않았고, 횟수도 많지 않다.

천혜의 자연조건을 부여받은 서유럽 역사를 보면 외세침탈과 지정학적 위치로 인한 한반도의 불이익은 과장된 것이다. 고구려와 수당전쟁, 몽골의 고려침략, 임진왜란과 병자호란, 경술국치 정도를 외세침략의 전형으로 볼 수 있지 않을까. 이 정도의 침략전쟁은 서유럽 세계와 비교하면 그야말로 새 발의 피다. 30년 전쟁을 상기하시기 바란다.

현대의 첨단기술과 무기 그리고 천문학적인 전비를 생각하면 한반도의 지정학적인 불리를 주장하기는 어렵다. 근본적인 해법은 강대국들 사이에 낀 새우라고 비하할 것이 아니라, 그들 사이를 자유롭게 유영하는 돌고래로 인식하는 것이다. 나아가 중국과 일본 같은 주변 강대국들의 갈등과 불화를 조정하고 화해시키는 역할을 자임(自任)해야 할 때라고 믿는다. 그것이야말로 동북아와 세계평화에 기여하는 첩경이다.

『세계사를 움직이는 다섯 가지 힘』:
세계사를 바라보는 간결하고 색다른 시선

세계가 날로 좁아진다고 하는데 세계사에 대한 관심은 크지 않은 듯하다. 수학능력 시험에서도 세계사를 중시하는 학교나 학생들은 거의 보이지 않는다. 하루가 멀다않고 언론에서 쏟아내는 지구촌이니, 글로벌이니 하는 말이 무색할 지경이다. 휴가철에 공항에 차고 넘치는 인파 가운데 지구의(地球儀) 돌려가며 세계사를 생각해본 사람은 얼마일까?!

명치대학 문학부 사이토 다카시 교수가 펴낸 『세계사를 움직이는 다섯 가지 힘』은 독특한 서책이다. 연대기적인 순서에 따른 역사적인 사건을 추적하는 것도 아니고, 인류역사에 거대한 발자취를 남긴 인물들의 이야기도 다루지 않는다. 지은이는 세계사를 이해하는 핵심 개념으로 욕망, 모더니즘, 제국주의, 몬스터, 종교의 다섯 가지를 지목한다.

서책의 서문은 다섯 가지 요소를 보다 구체화한다. '다섯 가지 힘과 인간의 감정으로 역사를 읽는다.' 세계사를 움직이는 다섯 가지 힘과 함께 인간의 감정을 꼽은 것이다. 다섯 가지 힘을 추려내는 능력도 그렇지만, 인간의 감정을 그것에 추가하는 담대함은 놀랍다. 인간의 치밀한 계산이나 이성적인 추론 혹은 기획이 아니라, 감정이라니?!

욕망의 세계사: 커피와 홍차

역사를 돌이킬 때 우리는 소수의 지도자나 엘리트 계층의 활동에 주목한다. 그들이 세계사의 주역이라고 생각하기 때문이다. 지은이는 이런 생각에 동의하지 않는다.

> "평범한 사람들의 역동적인 움직임이 분명히 있기 때문에 그것을 간과(看過)하면 역사를 입체적으로 파악할 수 없다."(17쪽)

피지배 집단에 속하는 다수의 활동을 배제하면 역사에 담긴 역동성을 포착할 수 없다는 관점에 의지하여 지은이는 상인을 주목한다. 인간에게 고유한 물욕(物慾)과 유행을 자극하고 선도하는 상인이야말로 대중의 의사결정에 중요한 구실을 한다는 것이다. 다카시가 욕망의 항목에서 기술하는 대상은 커피와 홍차, 금과 철, 상표와 도시다.

8세기 이슬람 수피교도가 마시기 시작한 커피는 16세기에 이르러 이집트에 전래된다. 커피는 오스만제국이 지배하던 발칸으로 전해져, 17세기에 유럽 각국으로 전파된다. 1652년 런던에 최초로 등장한 커피하우스는 불과 30년 만에 3천개로 늘어난다. 잠에서 깨어 있는 느낌을 주는 커피는 열성적으로 일을 추진하는 현대인의 벗이 된다.

후한시대에 차를 마시기 시작한 한인들은 당나라(618-907)에 이르러 서민도 차를 마시게 된다. 차를 교역품목에 인입한 것은 1602년 설립된 네덜란드 동인도 회사였고, 그들이 판매한 것은 완전 발효차인 홍차였다. 18세기 후반 설탕이 대량 생산되어 홍차는 대대적인 인기를 끌었고, 쉬고 싶은 사람을 위한 음료로 자리 잡는다.

모더니즘의 본질: 지중해, 르네상스, 원근법

근대를 단순하게 표현하면 유럽과 유럽인종이 세계 전역으로 세력을 확산한 것이다. 이른바 '지리상의 발견'이나 '대항해시대'로 언급되는 유럽의 패권확립이 근대다. 유럽이 주도한 근대는 중세 천년의 침묵과 기다림에서 촉발되었다. 『수량화혁명』에서 크로스비는 대학, 기계시계, 인쇄술, 복식부기, 아르스 노바 등을 근대의 촉발제로 거명한다.

반면에 사이토는 지중해 문명과 르네상스, 원근법에서 근대의 새벽을 독서한다.

> "지중해는 문명의 요람이다. 지중해를 에워싸듯 다양한 문명이 탄생했고, 그 문명들이 서로 충돌하고 발전하면서 하나의 거대한 용광로가 되어 다른 문명을 집어삼키는 과정에서 유럽의 원형이 만들어진 것이다. 지중해 문명의 특징은 가속력에 있으며, 그것은 로마제국의 확장성에서 표출된다. 이런 가속력이 근대문명의 딜레마를 탄생시켰다." (78쪽)

근대를 열어젖힌 원동력 가운데 하나는 14-16세기 이탈리아를 중심으로 일어난 르네상스다. 고대 그리스의 직접 민주주의와 공화정을 모델로 하여 신과 교회의 억압을 벗어나려는 전환기의 운동이 르네상스다. "언어의 독점이 권력의 독점으로 이어진다."는 푸코의 주장처럼 중세신학의 언어였던 라틴어의 지배가 종교개혁과 더불어 붕괴된다.

2차원 평면에 3차원 세계를 그리는 원근법이 르네상스 회화의 근본이다. 신과 교회, 성직자의 위계적인 시각에서 인간의 눈으로 대상을 바라보는 것이 원근법의 출발이다. 근대에서 가장 중시되는 감각은 시각이며, 그 결정판이 원근법이라고 사이토는 확언한다. 『감시와 처벌』에서 푸코가 말하는 '판옵티콘'은 시각우위의 권력관계를 나타낸다고 한다.

몬스터 삼형제: 자본주의, 사회주의, 파시즘

『사피엔스』에서 하라리는 유럽 제국주의가 인류에게 남긴 '선물'로 자본주의와 과학기술을 언급한다. 과학기술은 유럽제국의 프로젝트였고, 그것을 뒷받침하는 것이 자본주의라는 논리다. 1687년 출간된 뉴턴의 『프린키피아』부터 1945년 원자탄에 이르기까지 유럽(미국)을 제외한 어느 지역에서도 위대한 자연과학의 발견이나 기술적인 업적은 전무하다.

자본주의의 대안으로 마르크스가 제기한 사회주의는 70년 실험 끝에 막을 내린다. 그런데 10월 사회주의 혁명 이듬해에 막스 베버는 사회주의의 종말을 예언했다.

> "관료제는 자본주의와 사회주의에 공통으로 흐르는 역사의 필연이자 숙명이다. 자본주의도 관료제화하고 자유를 억압하는 성질을 가지고 있다. 하지만 사회주의에서는 그것이 더욱 심화하고 치명적이 될 것이다. 개인의 의견개진이 허용되지 않기 때문에 노동자들의 국가 예속성이 심화되고 그 결과로 사회주의 붕괴는 필연적이다." (205-211쪽)

자본주의와 사회주의를 이은 20세기 몬스터로 지은이는 무솔리니와 히틀러, 프랑코와 일본의 파시즘을 제시한다. 사회주의와 자본주의 양자에 모두 반대하는 파시즘은 전쟁과 긴밀하게 연결되어 있다. 파시즘은 1차 대전의 전후처리 과정에서 불만을 품은 나라에서 생겨났고, 2차 대전은 그렇게 발생한 파시즘이 결과한 것이기 때문이다.

세계를 불안하게 하는 일신고 삼형제:
유대고, 기독고, 이슬람교

얼마 전에 트럼프가 텔아비브에 있던 미국 대사관을 예루살렘으로 옮김으로써 팔레스타인 사람들이 대규모 봉기를 감행했다. 예루살렘은 유대인뿐 아니라, 무슬림과 기독교도의 성지(聖地)이기 때문에 국제법상으로 어느 나라나 정파가 독점할 수 없다. 그런 까닭에 지금까지 세계 각국은 자국(自國) 대사관을 텔아비브에 상주시켰던 것이다.

그런데 유대교와 기독교, 이슬람교의 거리는 우리 생각보다 훨씬 가깝다.

> "기독교와 이슬람교 모두 유대교에 뿌리를 두고 있다. 유대교가 말하는 메시아가 예수 그리스도라고 믿는 것은 기독교, 예수도 모세처럼 구약성서에 등장하는 예언자의 하나이며, 무함마드가 최후의 예언자라고 주장하는 것이 이슬람교다. 유대교 경전 토라는 기독교의 구약성서에 해당한다. 코란에는 구약과 신약성서도 포함되어 있다." (240-241쪽)

아브라함과 사라 사이에서 태어난 이삭의 자손이 예수로 연결되고, 아브라함과 하갈 사이에서 태어난 이스마일을 조상으로 모시는 종교가 이슬람교다. 사이토는 대부분의 전쟁사가 이들 종교 삼형제의 집안싸움이라고 단언한다. 그에 따르면 종교는 인간구원의 원천인 동시에 전쟁의 원천이다. 이쯤에서 유럽의 근대를 선행한 이슬람 세계를 생각해보자.

"근대 이전에는 기독교 세계보다 이슬람 세계가 압도적으로 뛰어난 문화를 소유했다. 이런 상황은 그리스 로마가 문명적인 우위를 상실한 이후 유럽의 근대문명 탄생 이전까지 1천 년 동안 유지되었다. 유럽의 근대과학은 이슬람 문화의 유입에서 시작됐고, 아라비아 숫자의 대중적인 보급은 피보나치의 『산반서』(1202)가 출간된 후의 일이다." (271-272쪽)

글을 마치면서

욕망, 근대, 몬스터, 종교 외에 지은이는 제국의 개념을 동원하여 세계사를 조명한다. 지배자들의 야망에 기초하여 성립된 제국은 아케메네스 페르시아 왕조를 필두로 지난 2500년 동안 연면부절하게 이어져왔다. 우리는 유라시아를 석권한 원나라를 떠올리면서 동시에 16세기 이후 지금까지 영향력을 유지하고 있는 유럽 제국주의를 기억한다.

사이토 다카시는 연대기적으로 수용돼온 세계사를 나름의 시각으로 단순화하고, 그것에 따라 역사의 본질을 설명한다. 심오함과 난해함, 복잡다단함과 거리를 두고 명쾌하게 역사의 대강(大綱)을 잡아내는 안목이 탁월해 보인다. 시공간을 종횡무진 질주하는 대가의 관점은 아니지만, 세계사에 무딘 독자에게는 신선한 자극제가 되기에 충분하다.

우리는 정형화된 틀로 지식과 정보를 재단하는데 익숙하다. 그런 까닭에 안정적이기는 하지만 천편일률적이라는 평가로부터 자유롭지 못하다. 그것은 학문의 생산과 유통을 선도(先導)하는 나라가 아니라, 오랜 세월 소비자 구실에 만족해왔기 때문일 것이다. 이 점에서도 사이토 다카시의 저작은 신선함과 경이로움으로 다가오는 것 같다.

김규종

고려대학교 문학박사 (러시아 문학)
경북대학교 교수 (1992. 3 - 현재)

대경민교협 집행위원장 (2004. 6 - 2006. 6)
경북대학교 인문대학 부학장 (2005. 3 - 2006. 2)
민예총 대구지부 영화연구소장 (2007. 3 - 현재)
경북대학교 전교교수회 부의장 (2008. 3 - 2010. 2)
민교협 공동의장 겸 대경민교협 의장 (2012. 6 - 2014. 6)
경북대학교 인문대학장 (2012. 9 - 2014. 8)
복현 콜로키움 좌장 (2015. 3 - 2017. 2)

저서:『노자의 눈에 비친 공자』,『대학생으로 살아남기』,
       『기생충이 없었다면 섹스도 없었다?!』,
       『문학교수, 영화 속으로 들어가다 1, 2, 3, 4, 5, 6』
       『극작가 체호프의 희곡을 어떻게 읽을 것인가』
       『소련 초기 보드빌 연구』(이상 저서)
       『역동적인 대한민국을 찾아서』
       『우리 시대의 레미제라블 읽기』(이상 공저)

역서:『강철은 어떻게 단련되었는가』,
       『광장의 왕』,『마야코프스키 희곡전집』
       『체호프 희곡전집』,『귀여운 여인』

관심영역: 인문학의 확대와 보급
         민주사회 건설과 부의 공평한 분배
         가족주의를 극복하고 모두가 행복한 공동체 만들기

김규종 서평집
비가 오는데 개미는 왜 우산을 안 쓸까?!

초판 1쇄 인쇄 2018년 7월 24일
초판 1쇄 발행 2018년 7월 30일

지 은 이 김규종
펴 낸 이 최종숙
펴 낸 곳 글누림출판사

책임편집 이태곤
편   집 문선희 권분옥 박윤정 홍혜정 임애정 백초혜
디 자 인 안혜진 홍성권
마 케 팅 박태훈 안현진 정혁선

주 소 서울시 서초구 동광로46길 6-6(반포4동 577-25) 문창빌딩 2층(우 06589)
전 화 02-3409-2055(편집), 2058(영업)
팩 스 02-3409-2059
홈페이지 www.geulnurim.co.kr
블로그 blog.naver.com/geulnurim
북트레블러 post.naver.com/geulnurim
이메일 nurim3888@hanmail.net
등록번호 제303-2005-000038호(2005.10.5)

정 가 15,000원
ISBN 978-89-6327-524-6 03800